奇怪的系列 4

수상한 편의점

奇怪的便利商店

文／朴賢淑 박현숙 圖／張敍暎 장서영

譯／林盈楹

目次

莫名其妙就去了孝心旅行

聽到對方索討的高昂修理費，姑姑漲紅著臉討價還價「不過就只是保險桿一點點小刮傷，竟然要求那麼多修理費，根本敲詐！」

「什麼敲詐！妳說我是詐騙集團嗎？妳要不要看看我的車啊！妳知道這台車要多少錢嗎？誰像妳那破車，賣掉十台也買不起我這台！妳是作賊心虛吧？自己衝上來撞別人的車，還反過來大吼大叫？」男人勃然大怒。

「破車？作賊？真是夠了！」姑姑也生氣了，如果要比罵人，姑姑是絕不會輸的。

姑姑有個缺點，就是不管別人怎麼想，她都會把想說的話全說出來。說實話，今天的事故百分之一百是姑姑的錯，因為是她撞上前方在等紅燈的車。

這時男人的汽車前座窗戶緩緩地打開，一個小男孩探出頭問「舅舅，什麼時候要走？」

「等我跟這位大媽講完。」男人的這句話，可說是重重地給姑姑一拳。

「大，大媽？你叫我大媽？」姑姑氣得扶著頭，大媽這詞，是三十九歲還沒結婚的姑姑最討厭的詞。

「妳是大媽我當然叫妳大媽啊！不然還能叫什麼？啊，好吧！本來想說也沒什麼，直接給一給修理費就合解的，既然妳要這樣，那我也沒辦法，就請保險公司來處理吧。」

姑姑馬上打電話給保險公司，他們說會像風一樣迅速趕到，請我們稍候。

「在妳看來這沒什麼嗎？我這車多貴啊，我心疼得都不敢看它了。」男人小心翼翼地用手指輕撫著被劃傷的保險桿，皺起了眉頭。

「這台車可是舅舅不吃不喝，省吃儉用超過十年才存夠錢買的！這台是進口車……咳咳，咳咳。」小男孩插話，邊咳邊講的他聽起來

聲音卡了厚厚的痰，感覺是很嚴重的感冒。

「既然捨不得就不要開上路啊！擺在家裡伺候不是更好？」姑姑嘟囔著說。

保險公司的人說會像風一樣迅速趕到，結果等了二十分鐘，人還沒有出現。姑姑和男人堅持著各自的立場，兩個人都擺著一副氣到血壓上升的表情，一下子互瞪、一下子又迴避眼神，接著又再次瞪對方。

低垂的雲逐漸變深灰色，接著又下起雪來。

「三月了，怎麼還下大雪啊？不是已經春天了？還是因為是離島的關係？看來島嶼的天氣和人都很怪異呢！」姑姑瞥了一眼男人。

「我嗎？不好意思，我也不是這裡的人！」男人豪不留情回嘴。

「我們從首爾來的！今天，咳咳，是我們旅行的最後一天，要去那邊的客輪碼頭把汽車寄回首爾。接著，咳咳，我們就要去機場。咳咳，咳咳。」

跟我們一樣，我們原本也在前往客輪碼頭的路上，姑姑也要把汽車運到船上。

爸爸問姑姑這年頭誰旅行時還帶著汽車一起去？直接在當地租車不是更方便嗎？但姑姑說不是自己的車，開起來很不自在。爸爸便說姑姑這堅持很奇特，但現在看來奇特的不只姑姑，這裡還有一位。

保險公司的人準確說是在等了四十分鐘後才出現，下車時還大口喘氣，讓人產生一種他不是坐車來，而是跑步過來的錯覺。

「唉呀，撞了一台高級車啊！由於您撞上了正在等紅燈的車，這百分之百是您的過失呀。」保險公司的人有點太過親切，再怎樣他都不該笑著說出這些話。

姑姑瞪著保險業務員的後腦勺，似乎恨不得把它瞪出個洞來，討論的結果是雙方決定回首爾後再修理車。

姑姑和男人肩並著肩，一起辦理了託運裝車手續，彷彿他們是一起來旅行的人一樣。辦完手續後，男人和小男孩搭上了計程車，便消失得無影無蹤。

「如真啊，我們加緊腳步去吃飯捲吧！這裡有間店很有名，吃過的都說好吃，所以離開前一定要去吃吃看！都是因為那個事故，現在出發去吃完再到機場的話會很趕！」姑姑喊著。

「那乾脆到機場去隨便買點東西吃就好了！」眼看時間都超過下午兩點了，而我們要搭五點的飛機。雖然不知道飯捲店在哪，但時間這麼緊迫，讓人感到提心吊膽。

「那怎麼行！我從好幾個月前就想去那裡！一直想吃想到現在，我們趕快出發吧！那間店聽說每日限定五百條飯捲而已！」

既然如此，就該早點起床啊！早上拜姑姑賴床所賜，連早餐都沒得吃。因為她堅持說就算不吃飯也要去烏龜岩。她還說那塊岩石會幫人實現一個心願，又說她有個一定要許的願望。

於是我們一路吃著汽車裡的餅乾碎渣，從飯店開了一個多小時的車才到烏龜岩。而那塊叫做烏龜岩的石頭，與隨處可見的岩石根本沒什麼不同。

姑姑不知許什麼願，在那邊待了好長一段時間，在等她的期間，我呆呆地望著天空，想著現在要是我有飯能吃的話就好了。

從烏龜岩前往碼頭的距離，開車要將近一個半小時，偏偏途中我們還出事故。現在我們坐上計程車，司機說開到那家飯捲店要四十分鐘，看來這座島還真大！

計程車穿梭風雪當中，路邊雪越積越厚，風也越颳越大，濃霧之中已經看不見大海，我們沿著海岸線奔馳好久後終於抵達。頂著超人氣又超好吃的飯捲店，外表卻像農村小店一樣，建築老舊、招牌簡陋。

嘎吱嘎唧——推開門時還發出怪異的聲音。

「我們營業結束了。」姑姑和我一隻腳才剛踏進店裡，一位看來是老闆的大叔便開口說。

我懷疑耳朵是不是聽錯了？那位大叔說什麼？營業結束了？肯定是我聽錯了。

「啊？」姑姑一臉困惑地看著大叔，然後又看向時鐘。

「今天賣完啦！我們店一天只賣五百條，由於我們的飯捲材料只有準備五百條的份量，一個小時前最後一條飯捲就賣完了。所以也沒辦法再多做。」

「現在才三點耶？」

姑姑纏著店家，求他們再做一條飯捲就好，還不忘強調為了吃飯捲，特意從首爾來的。

然而姑姑再怎麼死纏爛打也改變不了什麼，店家都說沒材料了。終於妥協的姑姑提議去機場找吃的，我們再次坐上計程車，一路上我因為餓太久，胃痛得非常難受。

奶奶說的果然都是真的！奶奶說過從跟姑姑出門的那刻起，旅行就變受難！當時我問奶奶是什麼意思，因為姑姑在場，奶奶只有含糊其辭地帶過話題。我現在能理解奶奶的話了，姑姑從來不聽對方意見，全照著自己的心情，拖著對方去她想去的地方。

吃東西時也一樣，只能配合姑姑去吃她想吃的，她的字典裡根本不存在替他人設想這件事。

這次的旅行，原本是姑姑準備給奶奶的孝心旅行，她說從出生到現在近四十年，好像一次也沒盡過孝道、展現孝心，總覺得很過意不去。奶奶告訴姑姑並不一定要帶她去旅行才是盡孝道，不如省下旅行的錢改給她現金。但姑姑說旅行的意義是累積母女間的回憶，不能用給現金的方式。

然而在出發旅行的前一天，奶奶的腰病又犯了，而且還發生在姑姑去仁川託運汽車後。

「看來我沒旅行的命啊！老天不讓我旅行呢！好可惜！」奶奶雖然臉上有遺憾的表情，但她看起來並不是真的感到遺憾。忽然間我腦

中閃過了一個想法，也許奶奶打從一開始就不願意和姑姑一起旅行。

託運汽車的船已經開走了，於是姑姑叫媽媽代替奶奶和她一起去。媽媽說很感謝姑姑邀請但還是婉拒了，接著爸爸推薦我，他說既然我寒假都沒機會和家

人去旅行，不如就趁這次和姑姑一起去吧！於是我就這樣跟著姑姑一起來到這裡。

原本高速駛向機場的計程車，突然間像烏龜一樣慢了下來。

「大叔，麻煩您開快一點，我們要趕飛機！」姑姑催促著說。

「我也想快一點啊！但是塞車塞成這樣，我要怎麼開快？唉，這什麼雪？下成這樣，話說這樣的天氣飛機能起飛嗎？你們還是跟機場確認一下比較好吧？」計程車司機從後照鏡看了看姑姑說。

「不過就下點雪，飛機沒道理停飛。」姑姑篤定地回答。

旅行即受難

我們要搭的航班停飛了，明明前一班還可以正常起飛，但不久後便公告禁止所有飛機的起飛和降落。

「大概什麼時候才可以飛呢？」雖然每次都得到無法確定的答覆，姑姑還是一次又一次地詢問機場工作人員。

「我明天上午有很重要的訪談啊！糟糕，今天不管怎樣，我都必須要回去。原本對方並不願意接受訪談，我可是想方設法，好不容易

才說服他並約好時間的。」

「明天是我升上五年級開學的第一天。」新學年第一天是不能缺席的，我今天也一定要回去。

「下一班飛機也停飛嗎？」一道尖銳的聲音直擊我的後腦勺，我好像在哪聽過這聲音。

我和姑姑同時轉頭看向後方，果然是姑姑撞到那台汽車的車主。以前人都說仇人會在獨木橋上相遇，而現代的仇人連碼頭、機場都能相遇。

「哦，又見面了。」男人看著姑姑皺了皺眉頭。

「越不想見到的人，越容易見面呢！」姑姑也跟著皺起臉來。

「都是妳！害我錯過飛機。」男人的聲音裡充滿了埋怨。

「所以？」

「所以？我預訂的航班原本是正常飛行的，但因為妳撞了我的車，所以害我晚到機場而錯過飛機。如果人有良知，聽到這樣的事，至少也該說聲對不起吧？妳從剛才到現在，竟然連一句道歉都沒有。」

「哎，你這人怎麼亂誣賴啊？車子撞上時，你一下車我就馬上說對不起了。還不是因為你跟我要求一大筆修理費，所以我們才吵起來的。現在你沒搭上飛機，是想要我怎麼補償？我也沒辦法強迫飛機起飛啊！」

「我沒要妳怎麼補償！只想讓妳搞清楚狀況，不過也是啦，我看妳就算搞清楚，也不會對別人感到抱歉。」男人低聲地喃喃自語。

「咳咳，咳咳。」在男人的身後，那個叫男人舅舅的小孩彎著腰咳起來，他看起來喘不過氣了。

接下來的所有航班也陸續被取消了，電子螢幕上顯示著滿滿的停飛紅字。

「今天到底有沒有能飛的飛機？今天能離開這裡嗎？」人們紛紛向機場工作人員詢問，嘴上說著要是回不去就糟了的人們不在少數。

「雪好像有變小，跑道上的積雪也正在清除，或許再晚一點可以起飛，但還無法確定。」機場工作人員不停重複說著。

然而終於連最後一班飛機也停飛了，航空公司開始發候補機票，他們說明早可以按照候補名單上的順序登機。

「慘了！我明天上午一定要完成訪談後交出原稿，這樣整個企劃才能收尾啊！這次的訪談一定要放進下個月的雜誌才行！天啊，我該怎麼辦？」阿姨接過候補機票，並嘆了一口氣。

機場的候機室簡直就像戰場一樣，又吵又混亂。就像世界上所有大嗓門的人都聚集到這了，吵雜的程度讓我頭痛不已。

「姑姑，我餓了。」昨晚吃完晚餐後，早上只吃了幾塊餅乾碎屑，然後就一直餓到現在，我餓得都要出現幻覺了。

19:30
仁川
停飛
出
發
Departures 出發

停飛
停飛

「是嗎？那我們去吃點什麼吧！」然而機場的每一間餐廳都客滿了。就連便利商店也是。排隊等候的隊伍看起來好長，我們排了好長一段時間後才買到兩碗泡麵。當我坐在候機室的角落，淒涼地吃著杯裝泡麵時，姑姑的手機響了，是奶奶打來的。

「聽說島上大雪，飛機停飛？你們還在島上？」奶奶的聲音穿透姑姑的手機，響亮地迴盪著。

「可能要到明早才回得去。」姑姑無奈的回。

「哎呦喂呀，又出紕漏啦！從出發那天起連續三天是風和日麗的好天氣，我還想說這次會順利，結果還是出包啦！那妳們睡哪啊？妳有訂到飯店嗎？」

「什麼飯店啊？他們說明早就能按候補名單上的順序登機，所以只能在這熬一晚了。」

「妳說要在機場熬夜？妳經常那樣自己習慣也就算了，但如真憑什麼跟妳一起受罪？」奶奶擔心地唸著。

「我們真的要在這熬夜嗎？」我環顧著人來人往的候機室問姑姑。

「一晚很快就過去了，住飯店反而麻煩！我之前去中國出差時，曾經因為暴雨，在機場待了五十二個小時。去印度時則因為強風被困了六十一個小時，才搭到飛機。還有那個哪裡啊？哦，對了，上次去菲律賓時……」

我聽姑姑說著，一邊想起了奶奶之前說的——旅行會變成受難，原來指的是這意思。

人們在候機室的地上鋪衣服，或躺或坐地休息著，姑姑則在候機室裡試著找個適合熬夜的地方。

「啊，那裡感覺不錯！離便利商店和廁所都很近。」姑姑指了候機室入口的方向。

好不容易在狹小的空間裡找到位子時，姑姑和我立刻被嚇了一大跳。因為姑姑撞上的車主就坐旁邊，地上還鋪著他不知道從哪找來的紙箱。

那台車車主的侄子依舊咳得很嚴重，他咳嗽時口水、鼻涕、眼淚也流不停，甚至滿臉通紅，脖子上也冒出藍綠色的青筋。

「有沒有吃藥啊？」我喃喃自語地說，內心不禁心疼起男孩。像他咳得那麼嚴重，是極痛苦的，我能夠體會他的感受，因為我每次一感冒，也會咳嗽咳到停不下來。如果咳個不停，胸、腰和頭部都會跟著痛起來，有時候甚至無法正常呼吸。

男孩現在的腰和胸一定也都痛得不得了，那種痛苦是令人難以忍受的。更重要的是如果忽視它，沒治療的話……。我搖搖頭，試著甩掉那些湧上心頭的記憶。那些是我想要徹底遺忘的記憶，每當我想起那段往事，我就會感覺到從頭頂到腳指傳來的刺痛感，還會忍不住流淚。

我悄悄地起身，去藥局買止咳藥和溫熱的雙花湯。仔細想想，互為仇人關係的是姑姑和她撞上那台車的車主，與我和小男孩無關。這世界上很多人即使素未謀面，但聽聞對方的困境後，依然會挺身而出、互相幫助，所以才會有「捐獻天使」這詞出現。現在一個可憐的孩子咳得都要暈倒了，這時還視而不見的話，未免也太無情了。

我把裝著藥的塑膠袋遞給男孩。

「這是什麼？咳咳。」

我發現男孩的臉比白天又再凹陷下去更多，咳嗽可是會耗盡所有能量的。

「感冒藥，吃過應該會稍微好一點。」

「這是妳買的嗎？為什麼啊？」男孩那雙佈滿血絲的眼睛睜得圓圓地。不只是他，就連他的舅舅也睜大眼看著我。

空氣中瀰漫著一股尷尬的氣息，男孩看了看他舅舅的眼色，猶豫要不要收下。

「先賞你一巴掌再給糖啊？如果我們坐上飛機的話，早就到達醫院了。」男人說。

「你講話一定要那麼難聽嗎？我們家孩子是因為擔心他，才去買藥給他的。」聽到男人說的話，姑姑勃然大怒，馬上開口還擊。

「我也沒說錯啊！要不是因為你，我早就回到首爾了。」

「唉呀！雖然不知道什麼事，但是身為一個大人，不應該在孩子幫你買藥時說那種話吧！以我旁觀者的立場來看，都覺得太過分啦！」這時坐在我旁邊的大叔開口了。那位大叔的塊頭很大，頭頂光禿禿的，光頭大叔的旁邊坐著一個跟我年齡相仿的男孩，他的鼻

子像黏在手機上，全神貫注地盯著手機。

「不清楚前因後果就別干涉。您知道我今天因為這位大媽，發生哪些事嗎？我告訴您，要不是因為這位大媽，我們早就回到首爾了。」男人滿臉委屈地說。

「說什麼大媽不大媽的，我還沒結婚好嗎？這小

孩是我的姪女。」姑姑朝男人瞪了一眼。

「不管是什麼事，反正這孩子是因為擔心那孩子才去買藥的，不是嗎？那麼看在人家誠意的份上，你就應該要收下啊！唉，要是不想說謝謝的話，就省略別說了吧。」光頭大叔說完又嘆口氣。

「就是啊，說得好像你最委屈一樣！」距離光頭大叔約兩公尺遠的地方，看起來應該是光頭大叔的妻子，那位身穿紅色夾克的大媽也開口說話了。

在光頭大叔和紅夾克大媽的壓力下，男人用眼神示意男孩把藥收下來。男孩收下後，便立刻把藥拿出來吃。

「不過話說回來，大媽您是因為什麼事，出現在這裡啊？」光頭大叔問紅色外套大媽，原來他們彼此不認識。

「我原本是來五天四夜旅行，要慶祝二十週年結婚紀念日。但是才第一天，我和我老公就吵架了，所以他昨天先回首爾了。才因為我說想吃黑豬烤肉，而我老公說這裡最有名的是辣燉帶魚，堅持非得吃那個。雙方為了想吃的堅持，最後我老公說吃不到那他乾脆回家，我說要回家就回去啊，他居然真的就走了！那我自己繼續在這旅行還有什麼樂趣呢？所以我也改機票，換成今天下午的航班，但飛機停飛，就變成現在這樣了。」

「原來是這樣啊！有些人只要一起旅行，就一定會吵架。」

「那大叔您又是為什麼出現在這裡啊？」換紅色外套大媽問光頭

大叔。

「這是我兒子，他可是我結婚八年，好不容易才得到的寶貝兒子！但這小子整天沉迷於手機遊戲，我原來用訓斥、強行阻止的方式去限制他玩遊戲。但不管什麼事都一樣，你越不讓他做，他就越想去做。於是我便帶他去旅行、去登山，我想讓他明白除了遊戲外，還有廣大的世界。然而整趟旅程他還是一直在玩手機，無論是上山時，還是下山途中，他的視線完全沒離開過手機。更誇張的是當我們要出發去機場時，這孩子竟然不見了。我到處找了兩個多小時，最後發現他一直坐在廁所裡玩遊戲！我們因此錯過了飛機，現在被困在這。」

「真是令人傷心的過程。」我感嘆著光頭大叔的脾氣還真好啊！

就連光頭大叔在說這些事時，他兒子的目光都沒從手機上移開過。

「金成燦，坐到這上面來！屁股不要凍壞了。」光頭大叔拍了拍鋪在地上的衣服，對他兒子說。

離開，還是留下來

大雪下了一整夜，不對，應該說是倒了一整夜，原本預定一早要起飛的航班又被取消了。

姑姑撞上那台車的車主，緊握著電話苦苦地請求著電話另一頭某個人的原諒。而姑姑也在確認第一班飛機又被取消的瞬間，臉色變得慘白，並開始打電話給上午原本約好要進行採訪的人。

「老師，我的意思是早上的飛機雖然不飛，但下午可以飛，能不

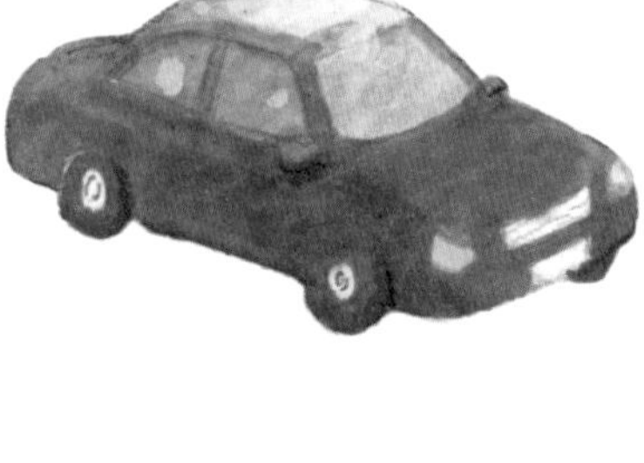

能把您的訪談延到下午呢？真的很抱歉。」姑姑接連說了數十次的對不起，請求對方的體諒，才總算把約好的訪談時間延到下午。

九點一到，機場工作人員便開始發放麵包和水。

「誰跟你們要求這些了？請你們快點清掉跑道上的積雪，讓飛機可以起飛。」姑姑拒收麵包並發了火。

「唉呀，您去看看吧！這不是單靠清積雪就能夠解決的，雪一直下不停，積雪清完後又有什麼用？目前看來還是無法保證什麼時候能起飛，妳不妨先收下分發的食物，如果現在不想吃也先收著，誰知道又會發生什麼事。」光頭大叔看著姑姑，嘖嘖地咂著舌。

「大叔，現在問題不在吃好嗎？問題在到底要怎麼回首爾，我今天再回不去，就完蛋了。」

「這裡的每一個人都想回家！誰想要像乞丐一樣，在候機室鋪衣服又墊紙箱地坐地上？妳看看那個吧！」

光頭大叔指著電視，螢幕上可以看到人們坐在候機室的地上，並啃咬著麵包。

畫面正是這裡的實況，電視上看到的樣子比實際看起來還更淒涼，旅客狼狽的簡直和乞丐沒兩樣。

「沒人願意待在這裡狼狽的出現在全國觀眾面前，但這世界並不是妳只要發脾氣，就什麼都行得通的！」光頭大叔一邊嚼著麵包，一邊撕下麵包塞進埋頭打遊戲的成燦嘴裡。

紅色外套大媽也頂著一頭鳥巢般的亂髮，克難地清了清眼屎就吃起麵包，她吃完後和丈夫視訊並大吵一架，她生氣地問丈夫這樣拋下她先離開，害她變成這副德性，心裡爽快了嗎？結果她丈夫竟然說很爽快來激怒大媽。

姑姑撞上的那台車車主的侄子，仍舊咳嗽咳個不停，好像咳得比昨天更嚴重了。

「都吃藥了，怎麼還咳得這麼厲害啊？唉，怎麼辦啊！我要被公司炒魷魚了，而你又感冒成這樣。京鎮啊，先吃完麵包再吃藥。」男孩的舅舅把麵包遞給他，叫做京鎮的男孩搖搖頭。

「我覺得噁心想吐。」

「你那是空腹吃藥才這樣，昨晚空腹吃的藥好像太重了，吃完麵包再吃舅舅買來的藥就沒事了。」男孩的舅舅一邊說，一邊瞥了我一眼。

「你現在是在怪我姪女嗎？」姑姑氣憤地說。

我也同樣地感到無語，最近藥都不知道有多貴，我不敢相信自掏腰包買藥並雙手奉上，竟然要聽這樣的話。

「妳沒事找事做啊？打從我第一眼見到那男人，就覺得他很倒胃口。」姑姑說著，她的音量非常大，京鎮的舅舅肯定也聽見了。

就在這時奶奶打視訊電話來了。

「唉呀，我看到新聞時還心想該不會是妳們那個機場吧？結果真的是妳們那裡啊！真是的，嘖嘖。對了，聽說今天早上飛機也不能飛，所以妳們今天也回不來啦？」奶奶一邊吃飯，一邊講電話，當我看到鬆軟的蒸蛋進入奶奶的嘴裡時，我的嘴不知不覺地積滿了口水。

「怎麼會回不去？今天下午就可以回去！不對，是一定得回去。如果再不回去，我就完蛋了。」

「那真是太好了！看來這次苦難結束得還算挺快的，之前基本上都要超過四十小時。我還擔心我們如真會不會吃太多苦，結果還算順利嘛！那麼就晚點見！在外旅遊，沒什麼事比吃還要更重要了，所以一定要好好吃飯啊！知道了嗎？」

「媽，也讓我跟如真講一下吧。」這時媽媽試圖把頭伸進畫面裡。

「知道孩子平安無事就好啦！何必非得看那淒涼的模樣後擔心難過。」奶奶說完便掛斷了電話。

中午還沒到，下午起飛的期待就破滅了。天空彷彿被施了魔法似地，不停地刮著風和雪，暴風雪大到無法看清前方，電子時刻表開始出現密密麻麻停飛的紅色字。

「看來今天也是走不了啦！還是放棄在這裡空等，先到市區去吧。」一部分的人開始撤離候機室。

「姑姑，萬一今天飛機還是不能飛，我們還要繼續待在機場嗎？」我問姑姑。

「如果下午天氣好轉，飛機還是有可能會起飛，而且必須要拿著候機票在機場等，才可以在飛機起飛時第一個登機。」看來無論發生什麼事，姑姑都沒打算要踏出候機室一步。

姑姑再次打電話給她原本約好要採訪的人，告訴對方可能會趕不上約定的時間。不過這次姑姑還說沒幾句，對方似乎就生氣地掛斷了。

出口

「搞砸了！採訪全泡湯了。」姑姑一臉失去了全世界的表情。

「今天要回去應該是很困難了，大媽您既然不用上班，那還有什麼好擔心的呢？去市區找個舒服的地方好好睡個覺，買些好吃的東西吃吧。」成燦的爸爸對紅色外套大媽說。

「不用！我要在這受苦受難，我老公才會心疼，我一定要讓拋下我不顧的老公心疼到死。」紅色外套大媽握緊拳頭，彷彿下定了堅毅的決心。

我覺得大媽好像誤會了些什麼，從剛才視訊通話裡她老公的樣子看來，無論她發生什麼事，她老公根本一點都不會心疼。

放棄搭飛機的人們紛紛離開機場，候機室變得空蕩蕩的，留下來的人們又開始在地上鋪了好幾層紙箱。姑姑也走出候機室去拿更多的紙箱，卻怒氣沖沖地回來。

「厚紙箱一個竟然要一萬韓圓！觀光區就是這點最讓人詬病，只要一出了什麼事，他們就會把握機會敲詐一頓！要不是沒辦法了，誰要花錢買啊？真是氣死人了！」

「去市區的計程車也在漫天喊價。」某人附和了姑姑的話。

姑姑說等她回首爾，就要把所經歷的這些事都上傳到社群媒體。

不過要價一萬韓圓的厚紙箱，倒是真的滿厚的，鋪在地上明顯感覺從地面竄出的寒氣減少許多。

成燦的爸爸說要用熱湯泡飯吃，於是便拉著成燦去買白飯，一路上他視線都沒有從手機上移開過。不過兩人很快就回來了，說是食材用完了，所以每一間餐廳都提前關門了。就連便利商店的架上也空空如也，食物統統被掃光，所有能吃的東西都賣光了。

紅色外套大媽從放在她旁邊的大袋子裡不停地拿出食物，她拿出巧克力餅乾、香蕉，還有麥芽糖。

「我出門總是會隨身攜帶食物，這些給你！把糖果含在嘴裡吧！這樣咳嗽就會減輕一些。」紅色外套大媽抓了幾顆糖果給京鎮，然後又給了我和成燦一人一塊巧克力餅乾。

最後包含末班飛機的所有航班都宣布停飛，京鎮的咳嗽變得越來越嚴重，甚至還開始發燒。

「還管他上班有多重要，搭飛機有多緊急，再等下去就要把孩子害死了！趕快帶他去掛個急診也好。」紅色外套大媽擔心地說。

「我明早如果再不去上班，說不定就要被公司炒魷魚了！現在公司裡因為我負責的問題一直沒處理好，正遭受巨大的損失。我得拿著這張候補機票在這裡等才行，明天必須搭上第一班飛機……」京鎮的舅舅一臉兩難。

「既然如此，至少先帶去急診，打個針再回來。」

京鎮的舅舅依然滿臉不知所措地待在原地。

「唉呀，真是受不了！我帶他去，給我計程車錢和掛號費！反正我老公應該是不會打電話來了。」紅色外套大媽從位子上站了起來。

「那樣更不好吧？」

「為什麼？」

「最近的社會多可怕，我怎能把侄子託付給初次見面的人？」

「哎喲喂，你看我長得像壞人嗎？」

當紅色外套大媽和京鎮舅舅爭論不休時，京鎮依然慘白不堪的咳個不停。最後，京鎮的舅舅決定去急診，但才一下子他們又回來了。

「公車全停駛了！好不容易來一台計程車，司機說回市區要二十萬韓圓。我就直接回來了，除了車錢太貴，雪都積到我的大腿高度了，我擔心在路上會發生事故。」京鎮的舅舅說他從沒見過如此粗暴的雪。

便利商店老闆的一席話

便利商店裡空蕩蕩的，架上沒擺多少東西。我吃著晚餐分發的麵包，突然接到美芝打來的電話。美芝和我升到五年級還是同一班，班導則是從別的學校調來的老師，我很好奇班導是什麼樣的人。

「妳看到新聞了吧？因為下雪的關係，我還在島上！我媽媽應該有打過電話給班導了，話說妳覺得班導怎麼樣？」我一接起電話就嘰哩呱啦地講個不停。

「羅如真！妳真是的！怎麼還不回來啊？這樣我的夾克怎麼辦？」美芝的聲音大到我差點聾掉，她沒回答我的問題，而是發了一頓脾氣。

啊，對了，夾克！我看見我身上穿著跟美芝借的夾克。

在確定要和姑姑去旅行後，我就跟媽媽說我想買新夾克。有個品牌的夾克我一直很想要，可是媽媽說我的夾克太多件了，就一口回絕。美芝知道後就說要借夾克給我，還說那是她新買的，一直捨不得穿，要等開學那天再穿。

聽到美芝這麼說，感動得差點哭出來的我，想到這世界上能有幾個朋友願意借妳連她都捨不得穿的新衣服？而且一借就是四天三夜。

我交到好朋友了啊！美芝就是我真正的好朋友！我原本是這麼想的，但現在聽到美芝在電話中喊叫，追問著夾克要怎麼辦時，不禁讓我感到驚慌。

「不是我不回去！是回不去！我又不是故意不還妳的，妳怎麼發那麼大的脾氣啊？」

「我不是說開學那天要穿嗎？」美芝氣到講完便直接掛斷電話。

「妳的衣服是跟別人借的啊？」

看來美芝的音量夠大，就連成燦的爸爸都聽到了，成燦的爸爸說這句話時，成燦把目光從手機上移來，看了我一眼接著噗哧笑出來。

笑什麼笑啊？有什麼好笑的？啊，真讓人生氣！我轉身驕傲地脫下夾克並收進包包裡。接著我穿備用的毛衣，走到滿是停飛紅字的電子時刻表前，自拍後傳給美芝，就像是跟她說「看妳計較成這樣，我也不想再穿了。」

我好不容易才壓下內心那股被美芝引發的怒火，而這時原本在講電話的姑姑，卻和採訪對象再次約時間講到哭了。她苦苦哀求對方的理解和原諒，這是我第一次看到姑姑哭，總是一副精明能幹女強人形象的她，竟然在別人面前掉眼淚，

這完全是無法想像的事。電話另一頭的人好像非常地生氣，就算姑姑不斷向對方道歉，請他諒解天災所造成的不便，還說一回首爾馬上去找他，但還是無法約成採訪。

「真的完蛋了！」電話一掛斷，姑姑便哽咽地說。

都是這場雪把一切搞得一團混亂，姑姑和我的自尊如同紙團一般被揉得皺皺巴巴的。

「呃呃啊啊啊」就在這時成燦突然尖叫了，所有人的目光都集中到他的身上。

「我的手機沒電了！啊，我正在升級啊！」成燦急得不停跺腳。

「手機要去哪充電？」成燦緊緊地抓住他爸爸的手臂，臉色一片慘白。我覺得他的樣子不像手機沒電，簡直像掉進大海在生死掙扎。

「目前沒有多餘可用的插座！你也不看看這裡多少人，已經嫌不夠了，怎麼還會有多餘的？」

「那怎麼辦？沒辦法充電嗎？」

「沒辦法。」

「那怎麼辦啊？」

「只能等回家了。」

「我們什麼時候回家？」

「等飛機可以飛。」

「飛機什麼時候可以飛？」

「雪停的時候。」

「雪什麼時候停？萬一雪一直下呢？如果一個禮拜、一個月都還是沒停呢？我就一直沒辦法充電嗎？」成燦邊說邊亂揮著雙手。

他在說什麼可怕的話？雪怎麼可能持續下整個月？我看他手機成癮還真嚴重啊。

隔天一早，外面持續下著大雪。

「該不會真的要下整個月的雪吧？咳咳，咳咳。」京鎮邊咳邊說。

「不要說那種嚇人的話！慘了，我今天無論如何，都得去上班才行啊！如果再不解決問題，我就徹底玩完了。」

姑姑說著完蛋了、京鎮的舅舅說著玩完了，他們的表情就像已經失去了一切。

「真的很抱歉，現在發下去的麵包和瓶裝水，請各位儘可能節約食用。由於昨晚雪下得非常大，所有交通都中斷了！不知道什麼時候才會再有物資到貨。」機場工作人員一早邊發著麵包和瓶裝水邊說。

「飛機今天能起飛嗎？今天應該回得去了吧？」姑姑沒心情管麵包，她迫切地問。

「當然必須飛！再不飛我就完了！」京鎮的舅舅附和著說。

工作人員則表示他不確定。

「糟糕！餐廳也全關門了，萬一麵包都吃完了，到時怎麼辦啊？

早知道這樣，食物就省著點吃了。」紅色外套大媽摸著袋子，表情難過地說。

這時便利商店開始陳列商品，人們紛紛湧過去。人們的表情都變得嚴肅，因為都意識到不過才隔一天，情況卻是天差地別。

正在陳列著商品的便利商店老闆先把店門關起來，接著他冷靜地陳列完畢後，才再次打開店門和大家說明。

「各位，機場裡的便利商店物資昨天就見底了！而今天就只有這裡有物資，是慶幸昨天還有進到些許貨。一旦這些賣完後就不知道何時才會再補貨了。相信各位都知道，整座小島幾乎被大雪淹沒，目前所有交通都中斷了！所以要向大家宣布，待會每人只能選購一樣食物，就只能一樣！那就請大家開始排隊吧！」

聽完便利商店老闆的話後，眾人臉色變得更加凝重了。

「這是二十一世紀的韓國正在發生的事嗎？只下了點雪，飛機就停飛、車也不能開，甚至連食物都沒得吃了，這像話嗎？」老爺爺大喊道，那位老爺爺將白髮用慕斯全梳到腦後，露出光亮的額頭。

「這時代連太空都能去了，現在竟然只下個雪，就沒辦法吃飽，這太不合理了吧！」某人附和了老爺爺的話。

「如果您不排隊，我們將停止販售任何東西。」聽見便利商店老闆的話，人們便手忙腳亂地開始排隊。

大家都在排隊，唯獨京鎮的舅舅和姑姑還在不停打電話。

我猶豫一下後，過去問京鎮的舅舅說「要買點吃的才能吃藥吧？不是說不能空腹吃藥嗎？」我真的不想多管閒事，但是一直咳嗽的京鎮好可憐，我實在是看不下去了，無法放任他不管。

京鎮的舅舅朝便利商店瞄了一眼，說了一句「部長，我稍後再跟您聯繫。」便站到排隊隊伍的最後面。

姑姑正生氣地和雜誌社老闆通電話「難道我故意不回去嗎？我也很生氣啊！」

我戳了戳憤怒的姑姑，叫她去排隊。

「如真妳去排就好了啊！」

「每個人只能買一個東西，這樣就買不到姑姑的了。」

「這又是什麼情況？這像話嗎？」姑姑掛斷了電話，然後去排隊。

「根本是難民營！」老爺爺抱怨地說。

我買了巧克力牛奶，姑姑買了一包餅乾。

「我買完後就只剩一個麵包了，我可以多買最後一個嗎？」排在最後面的成燦問了便利商店老闆。

「哪有那種事情？」緊接著在附近的人們突然像合唱團似地一起大喊了起來。

「那也太不公平了！」他們的聲音大到天花板都要被掀開了。

「來出個題吧！答對的人就能獲得買麵包的機會。」某人開口說。

「不公平！猜題對年輕人較有利，我們老年人吃虧！要用公平的方式來。」老爺爺說。

「人們不知道何時才能出得去。」便利商店的老闆拿着麵包陷入思考，過了好久他才開口說。

那句話立刻引起不安的喧譁。

「說什麼不吉利的話？我要是被公司開除，您負責嗎？」說這句最大聲的是京鎮的舅舅和我的姑姑。

便利商店老闆接著說「我在這島上出生，一直生活到現在，也是第一次遇到這種暴風雪。就算沒下成這樣，飛機無法起飛的情況也很多。總之現在不確定下次補貨的時間，這個麵包就放架上，請留給真正需要的人吧！」

「大家都需要啊！哪裡有不需要吃東西的人？」老爺爺大喊，他從一開始到現在都說著半語。（半語：注重禮節的韓國人，平時對外會以敬語為主。）

「就是啊！哪有不用吃東西的人？」紅色外套大媽說。

「大家當然都需要，但絕對有人是更需要的！請留給真正更需要的人！真正需要的意思，懂吧？」便利商店老闆強調真正需要的意思後，將麵包放到架上。

「真正需要的定義也太模糊了吧？我還真不理解意思耶！我活了七十五年，第一次聽到如此意義不明的話！我看你就把麵包隨便交給誰吧？」老爺爺冷冷地說。

全麥
紅豆麵包

「要讓真正需要麵包的人能進來拿麵包，所以我今天就先不鎖店門！」便利商店老闆關上門後沒上鎖便離開了。

便利商店老闆一離開，人們湧向機場工作人員，問著「如果不能起飛，難道沒有其他離開機場的辦法嗎？」人們嚴厲地斥責工作人員，催促他們做出些什麼行動。

「如果想離開機場，當初就該早點離開啊。」

人們聽了工作人員的言論後，氣得吵了起來「你們發下候補機票，給我們能夠登機的希望，結果現在根本飛不了！在這裡工作連天氣預報都不看嗎？如果早發現會有這樣的事，不是要提前告知旅客嗎？」人們爭論、追究的喝斥聲響徹了候機室。

「我們也和各位一樣都回不了家！」機場的工作人員們說。

在意識到就連機場的工作人員也都正面臨著相同的處境後，人們便散到可以看到電視的地方坐下來，他們說電視是掌握情況的最佳方式。

電視上各個領域那些稱自己為專家的人們蜂擁而至，談論著目前機場的狀況。其中自稱心理學博士的人，針對被困在機場的人們的心理狀態發表嚴肅的分析。

他說到今天為止，已經困在機場三天二夜，再繼續下去的話，所有人很快就會陷入恐慌狀態的。

「什麼叫做恐慌狀態啊？」紅色外套大媽問了成燦的爸爸。

「那是一種無法用語言表達的不安感。」

「真是太令人失望了！下雪又不是人可以控制的，比起瞎扯起鬨還不如討論該怎麼送物資給被困在這的人們，那才有幫助吧。」紅色外套大媽說。

「就是說啊。」

「對啊！」人們紛紛附和。

千萬不能小看感冒

「所以您的意思是說從天上掉下一根救命繩，是吧？就像那個什麼故事裡說的那個傳統童話《太陽和月亮》裡，拯救兄妹的繩子一樣。」紅色外套大媽問。

「真是的！妳怎麼跟小孩子一樣，語言理解力那麼差！他不是說了嗎？不是掉繩子下來，而是降下一個裝滿食物的網子。他明明說他老兄去爬山時因為大雪，被困在避難所好幾天，等到直升機救援時降

下網子。妳是怎麼把網子聽成繩子啊？真是莫名其妙！」老爺爺看著紅色外套大媽嘖嘖地咂了咂舌。

「裝了食物的網子不就是救命繩嗎？我只是把網子比喻成救命繩，意思都差不多嘛！還有啊，別以為我年紀小！呵呵呵，我歲數都過五十啦。」紅色外套大媽大咧咧地笑了。

「五十幾歲怎麼不是小孩子？」老爺爺口氣生硬地回應。

「那網子對於被困在避難所一星期的我們來說，就像一條救命繩。雖然我們五個人非常節省地吃，但還是餓了兩天的肚子！所以我要講的是在深山裡，都有直升機來送吃的了。他們難道會裝作沒看到被困在機場的我們嗎？大家不會餓肚子的！不要緊張，不需要為食物搞得神經緊繃。」成燦的爸爸一說完，紅色外套大媽便立刻鼓掌。

「沒錯！俗話說不怕被虎叼，就怕慌了神。」紅色外套大媽邊鼓掌邊說。

「在這情況下，天無絕人之路更合適。」京鎮的舅舅插了話。

「唉呀，反正意思都差不多啦！就是我們要打起精神振作的意思嘛！我可是數過這裡一共有多少人呢！加上那邊年輕媽媽懷裡的嬰兒，一共是八十二人。不過孩子的媽在還能離開的時候就應該離開了啊！怎麼還帶著嬰兒在這裡，落得這下場啊？」紅色外套大媽問了抱著嬰兒的年輕媽媽。

「我父親前天下午去世了，我無論如何都必須搭上飛機！今天就是出殯的日子，我卻連父親的最後一程都沒辦法送他。」嬰兒的母親開始啜泣，緊接著小嬰兒也哭了。

「唉呀，怎麼辦才好啊？妳帶的奶粉足夠寶寶吃嗎？」紅色外套大媽揉了泛紅的眼角。

「幸好買奶粉、尿布的人不多，所以還買得到。但可能這裡是機場內的便利商店，所以奶粉的數量並不多！我買了兩罐，必須在奶粉用完前搭上飛機或是回到家才行，但雪下得讓我真的很擔心。」

「小寶寶一定很不舒服吧？怎麼不去哺乳室之類的地方休息呢？為什麼要待在外面？去哺乳室讓寶寶舒服地躺著睡吧？」

「如果不和人們待在一起，我更感到焦慮不安。」嬰兒的母親搖了搖頭。

候機室的時刻表上不斷出現停飛的紅字，新聞報導的機場看起來就像漂浮在白色海上被白雪覆蓋著的島嶼。有人開始擔心機場的屋頂無法承受積雪的重量，緊接著一個自稱科學家的大叔便跳出來說有可能發生崩塌，他邊講著難懂的字詞邊計算數字，說雪的重量遠比我們想像中重得多。

「意思說坍塌的可能性很大？好令人不安啊！如果坍塌的話，哪個區域才比較安全啊？」

眾人你一句我一句地說著，一邊在候機室裡四處張望。

嬰兒的母親眼神驚恐地緊緊抱著嬰兒。

「我說說我的想法吧！依我看機場的屋頂應該是不會倒塌。」這時成燦的爸爸站了出來。

「您怎麼知道？科學家都說可能崩塌了！」紅色外套大媽問。

「雖然無法用科

學解釋，但有種東西叫做直覺！我感覺崩塌絕對不會發生。」

「胡說八道！科學當然比直覺可信啊！」老爺爺說完哼一聲。

「老先生，直覺也有很準的時候！幾年前我去日本時，遇見一位老婦人，她的直覺非常厲害。之後我就像被她傳染似地，直覺也變得更強了，您應該知道幾年前日本地震後非常嚴重的海嘯吧？」

「那場瞬間吞噬掉整個村莊的海嘯嗎？我的老天，您當時在日本嗎？」穿紅色外套大媽感到驚訝。

「是啊！當時我正在那個村子裡旅行，住在那位老婦人開的民宿，因為網路上很多部落客都對老婦人的廚藝讚不絕口，於是我便決定去一探究竟。」

「真棒的安排啊！出來玩最重要的就是要吃得好。」紅色外套大媽點點頭。

「可是第二天還沒到要退房的時間，老婦人卻突然要我趕緊收拾行李。」

「為什麼？」

「哎呀，真是的！先安靜地往下聽，不要一直打斷。」老爺爺對紅色外套大媽發了脾氣。

「老婦人自己也草草地收拾行李，她把行李放進我租的車上，並請我趕快載她到可以搭地鐵的地方。她說要去找她住在另一個城市的兒子，因為她有預感就快發生什麼事了，雖然也無法明確地說出究竟是什麼事，但她說那感覺非常地強烈，讓她不安到都做不了事。」

人們全屏氣凝神聽著成燦爸爸的故事「雖然我當下有懷疑，但老婦人不停地催促我，於是我就這樣匆匆離開村子。就在車子開上山丘，離開村子的那刻，大海竟然襲來巨大的海嘯，村子瞬間就被淹沒，所幸我和老婦人已從村子裡逃出來。從那之後，每當我感應到某種感覺，很奇妙地那些感覺成為真實的情況越來越多。」

「那麼您所感應到的感覺，屋頂是絕對不會坍塌的囉？」嬰兒的母親問。

「絕對不會！人感到焦慮不安時，看待所有事都會覺得很危險，但越是這時候，越需要正向思考。」

聽完成燦爸爸的話後，嬰兒的母親臉色稍微變得明亮了起來。

當所有人都在聽成燦爸爸說故事時，姑姑和京鎮的舅舅則是緊握著電話，而京鎮仍舊咳個不停。

早上拿到的麵包和便利商店買的食物不論再怎麼節約地吃，都還是很難撐過一天。人們開始從包包裡拿出食物，有當作伴手禮的巧克力和水果，甚至連曬魚乾都出現了。

紅色外套大媽的包裡也是不斷地冒出食物，看來她應該是非常喜歡甜食的人，她一次次的拿出糖果。

聽說機場有開暖氣，但候機室還是很冷。京鎮的咳嗽變得更嚴重了，機場的藥局也關門了，機場工作人員見狀拿了急救藥品過來，但京鎮吃藥後依然沒好轉。

「難道不叫救護車嗎？」紅色外套大媽心疼地看著京鎮。

「交通都中斷了，難道救護車進得來嗎？咳得這麼厲害，該有多難受啊？」姑姑終於開口說話。

這幾天不管其他人說些什麼，姑姑都沒參與，她一直保持沈默並沈浸在工作被搞砸的悲傷情緒中，就連沉默的姑姑都覺得京鎮相當令人擔心。

「沒發生事故的話，我現在人早就在首爾了。」姑姑剛說完，京鎮的舅舅立刻回了一句。

「對了！」這時成燦的爸爸像是想起了什麼，一下子站了起來，他從行李箱裡拿出一個紅色的帳篷，接著快速搭好，然後他在帳篷裡鋪上厚厚的紙箱後叫京鎮趕快進去。

人們也把身上所有的感冒藥都拿了過來。

「我看你光是吃感冒藥

就飽了啊。」老爺爺說。

紅色外套大媽又和丈夫隔著電話吵架了，她說手機快沒電不能再視訊通話了。

「我看妳那堅持的脾氣，都是為了想要離婚吧？」電話裡她丈夫聲音非常大聲，旁邊所有人也都聽得一清二楚，她丈夫提高音量並刻意強調了離婚兩個字。

「對！我一回首爾，就去辦離婚。」電話一掛斷，紅色外套大媽就擦起了眼淚。

我們絕交

外頭的風雪依然下個不停，呼咻咻咻——呼咻咻咻的風聲，不禁令人擔心再這樣下去，會不會整座機場都被吹走？這場暴風雪連新聞播報的機場畫面，都只看見狂風暴雪而完全看不到機場。

隔天一早沒看到任何食物的影子，人們再次感到慌張。雖然昨天領取麵包時就已經聽到工作人員的提醒，但所有人似乎都沒把它當一回事，不相信真的會發生。

咳咳，咳，咳咳，京鎮在帳篷裡咳個不停。成燦坐在他旁邊，像失了魂的人一樣呆呆地盯著手機。

「吃藥了嗎？」我問京鎮。

「吃了，好像有好一點。」京鎮吃力地開口說。

「你這樣叫有好一點？你咳了一整晚，吵得我都睡不著。」成燦不耐煩地說。

「生病的人最辛苦，他也不願意這樣啊！你不安慰他就算了，還說這種話。」我越看成燦越覺得他跟他爸爸一點也不像。每當人們焦慮時，成燦的爸爸都會站出來幫助大家，讓大家不要那麼焦慮。

「少惹我，我心情差！我要給手機充電。」成燦拿著手機說著。

我口袋的電話突然響了起來。

「羅如真。」電話一接起來，就聽見美芝尖銳的聲音。

「妳還不回來嗎？妳到底什麼時候才要回來啊？」

真搞不懂她，難道她以為這裡的人都不想回去嗎？如果我是美芝，我才不說這種話！不管怎麼樣，我都會先關心朋友，問她還好嗎？新聞報導看起來好像很嚴重，聽說你們都睡在候機室裡，不會冷嗎？有沒有感冒？有東西吃嗎？我還會安慰朋友不用擔心夾克，平安回來就好。這樣才是真正的朋友會說的話吧？

我怎麼會把美芝當作我最好的朋友啊？妳就等我回首爾吧！我會瞪著妳對妳說「我們絕交！」想到這裡，我好像能體會紅色外套大媽

的感受，她受到的委屈有多深，才讓她憤而說出離婚。

「我哪知道何時能回去。」

「這合理嗎？連這都不知道？」

「合理！妳可以去看新聞就懂了。還有不要再打電話來了，妳之後再打來我也不接。」電話掛斷時，我聽到美芝好像又說了些什麼，但我氣到直接掛掉電話。我氣得全身發抖，然後我又自拍一張穿著毛衣的照片傳給美芝，讓她知道我沒穿夾克。

「妳怎麼氣成那樣？」京鎮看著我，努力想把咳嗽壓下去。

「一個討厭的人，一個沒義氣的人。」

「我知道是誰，應該是夾克的主人。我聽說她跟某人借夾克來穿，然後夾克主人好像問她為什麼還不趕快還夾克！」成燦說這些時，我羞愧得整張臉都紅了。

「好朋友怎麼可以那樣？這種情況下，身為好朋友應該連擔心都來不及了，還管什麼夾克啊？咳咳。」京鎮為我抱了不平。

成燦聳了聳肩，接著沒頭沒腦地向我伸手並說「妳的手機看起來還有電，借我用一下下就還妳。」

「不要。」既然有求於我，剛才還敢說什麼我借夾克不還的話。

「借一下啦！不要那麼小氣。」

「少惹我！我現在心情也很差。」我凶狠地瞪了成燦一眼，就從帳篷出來。

人群再次湧向機場工作人員，老爺爺質問工作人員，為什麼這裡沒有成燦爸爸之前講的那種救難直升機空投物資。

「本來昨天有安排直升機來送物資，不過正如大家所見，今天又颳強烈的暴風雪，導致直升機也無法起飛。」

「既然昨天就決定了，昨天就應該馬上派直升機過來啊！你們怎麼這樣！」人們爭先恐後地開罵發飆。

「這事情不是說決定了就能馬上執行的！也需要準備時間，加上沒人料到突然颳起這麼強的風。」

「不知道下暴雪、也沒料到颳強風，那你們到底知道什麼？等我們全餓死了，你們也要說沒料到人會餓死嗎？」老爺爺叉著腰大喊。

「哎呀，您怎麼說得那麼嚇人呢？已經在想辦法了，請再稍等一下吧。」工作人員雙手合十，懇求大家的理解。

「好了，好了，既然他們說在找辦法了，大家就別再吵了！大喊大叫只會讓肚子更餓而已。」成燦的爸爸說。

是啊，即使大喊大叫、追究到底，也改變不了現況。

成燦拿著手機說「沒吃的就算了！但請幫我充電吧！」

「現在沒辦法，每個插座都有人在用。」

「把那些稍微充到電的手機拿走不就行了？」

「不行！每個人都想充滿，如果沒充完就隨便拿走會出事。」

「啊啊啊啊啊啊。」成燦一邊大喊一邊不停地跺腳。

隨著時間流逝，情況變得愈加嚴重。京鎮的舅舅和姑姑也說他們的手機沒電了。

新聞裡現在甚至使用營救這個詞，有的節目來賓正在討論要如何救援困在機場的人們，每個人都忙著出意見，但還是沒找到辦法。

「看來只能祈禱雪快點停，沒別的辦法了。」節目一個多小時下來，各個爆青筋不斷發表意見的人們給的竟是這種結論。

「既然如此何必討論那麼久啊？吃飽太閒。」老爺爺指著電視裡的人們說。

我們整天下來都沒拿到食物，水的部分可以喝廁所水龍頭的自來水，所以沒太大問題，但挨餓的人們隨著時間流逝，開始變得越來越敏感、暴躁，就連排隊上廁所也會吵起來。

京鎮一直在吃藥，但空腹吃藥傷胃的關係，讓藥還沒來得及被吸收前，就都吐了出來。

「還是要吃藥，感冒才會好啊！」京鎮的舅舅告訴他一定要吃藥，因為打不了電話，他現在才開始有空關心起京鎮。

「吃藥更難受！胃很不舒服，像暈車那樣一直想吐更痛苦。舅舅，再這樣下去，萬一我死掉了怎麼辦？」京鎮露出了非常害怕的表情。

「現代沒人因感冒而死的！你只是累了，不要再說那種話。」京鎮的舅舅摸了摸額頭上滿是冷汗的他。

「真是無知的言論！感冒是萬病之源，如果小看感冒的話，可是會出大事的。不舉別的例子，就說我們家如真，上次感冒越變越嚴重，差點就死於肺炎，好不容易才撿回一命。」姑姑揭開了我的祕密，那個連自己都不願意透露，不，應該說想徹底忘記的祕密。

只要一想到自己曾經因為感冒，在加護病房住整整十五天，最後好不容易才撿回一條命的真實經歷，就覺得好恐怖。當時媽媽那悲傷的臉龐一直讓我感到很心痛，這是我再也不想回想的記憶。

「妳在一個生病的孩子面前說這種話適合嗎？京鎮啊，感冒變肺炎並導致死亡的案例，是極其特殊的情況。在冬天時全國都有人感冒，難道那些人都差點死了嗎？不是嘛！」京鎮的舅舅安撫著他，並對姑姑發大火。

「我是擔心他才說的！我看你好像覺得感冒沒什麼，才好意告訴你，你現在是發什麼火啊？」姑姑不甘示弱的回話。

手機沒電後，姑姑和京鎮的舅舅又成了獨木橋上的冤家。

京鎮的舅舅嘴上雖然那樣安慰他，但不知道是不是因為被姑姑的話嚇到，他開始想方設法地要給京鎮餵藥，但是京鎮卻拒絕配合。

「姑姑。」我到她身邊坐下來。

「怎麼了？我講了妳不願回憶的事，妳不開心了吧？對不起！我不自覺說出口了，因為我看那孩子咳成那樣，實在太心疼了。」

「沒關係啦！我要說麵包的事。」我貼著姑姑的耳朵輕聲說。

「麵包怎麼了？不見了嗎？」

「不是啦。」我把音量壓得更低。

「便利商店老闆不是說要讓真的有需要的人吃嗎？看來最需要麵包的人不就是京鎮嗎？因為空腹吃藥傷胃，所以要讓他先吃。」

「在目前這情況下，不能只因為感冒就說真的需要麵包。」姑姑歪了歪頭。

姑姑明明不久前才說不把感冒當一回事的話會出大事，現在卻改口了。

「姑姑不覺得對不起京鎮嗎？要不是因為姑姑，他也不需要在這裡受罪，不是嗎？」我不自覺地大聲起來。

「喂喂喂，妳這孩子在說什麼呢？我剛剛的意思是說這裡的人可能會那麼想，因為每個人的肚子都很餓，所以會覺得京鎮也就只是個感冒的孩子而已。」姑姑也跟著大聲了。

這時媽媽打電話來了。

「有沒有餓肚子？會不會冷？有沒有感冒？」一接起來，媽媽就一口氣問了好幾個問題，接著她就哭了。

媽媽哭著說不下去，把電話塞給奶奶。

「如真啊，奶奶對不起妳啊！沒事把妳送去什麼孝心旅行，都是我害妳受罪啊！哎喲，照常過日子就好啦，怎麼說要帶我去孝心旅行。」奶奶也擤著鼻涕，哭得唏哩嘩啦的。

媽媽和奶奶一哭，我也忍不住地流下了眼淚。我好想要回家！我好想媽媽！好想奶奶！為了可以放聲大哭，我走到外面，呼咻咻咻——呼咻咻咻。戶外的強風幾乎把我吞噬，眼淚一下子就縮回去了，我趕緊轉身回到室內。

奇怪的謠言

「妳要我分享奶粉？」嬰兒的母親睜大眼睛問。

「妳是餓壞了才這麼說的嗎？但這要求很困難，因為奶粉用完後，寶寶就要挨餓了。大人或是像妳這樣的小學生都能理解現在餓肚子的原因，但小寶寶不一樣，就算妳告訴他原因，但他只要肚子餓就會開始哭，一直哭到有東西吃為止。現在奶粉也快吃完了，我努力省著給他吃，所以對不起，只能拒絕妳了！」嬰兒的母親低下頭說。

「沒關係，我能理解。」我只能轉身離開，我是真的可以理解，但內心還是有被冷風掃過的感覺。

我本來想去要點奶粉，給京鎮多少墊墊肚子，但我想得太簡單了。回座位時我朝便利商店裡瞄一眼，架上孤零零地擺著一個麵包。

那個麵包真的不能給京鎮

嗎？看那麵包的大小，至少可以吃個三、四餐，現在這裡真正需要麵包的人，不就是京鎮嗎？我隔著玻璃門望著店裡。

「妳為什麼一直盯著麵包？妳別想啦！」這時老爺爺走過來。

「已經有好幾人來這徘徊了，想必許多人都很餓吧！說實在的這時真正需要食物的人，當然是像我這樣的老人啊！年輕人有的是力氣，就算餓個幾餐也無所謂，但對老人來說，哪怕只餓了一頓，精神都會恍恍惚惚的，老人是靠米飯過日子的啊！」老爺爺也隔著玻璃門，盯著店裡的麵包看。

就在這時成燦拿著手機和充電器朝這邊跑來。

「我怎麼沒想到？便利商店的門沒鎖，我來這充電就好啦！我這人就是頭腦偶爾會卡住。」成燦高興得像想到什麼了不起的點子。

「喂，你要去哪？你看吧！根本所有人都在覬覦麵包。」老爺爺大聲喝斥。

我迅速地抓住成燦的手腕。「怎樣啦？我要充電啊！」被拉住的他不高興地大喊。

「不要進去！你現在進去的話，人們都會認為你是去拿麵包的！尤其是老爺爺一定會懷疑你。」

「我對麵包沒興趣！我只要把充電器插到插座就走，我人出來後麵包一樣在那裡，這樣還有什麼問題嗎？」成燦不高興的問。

「那樣也不行！」我堅持著。

「為什麼？」

「我不是說了老爺爺會懷疑嗎？」

「我說麵包我會留在那裡。」

「老實說便利商店裡一定比候機室溫暖舒服多了，每個人都想進去，但便利商店老闆不是說過嗎？他叫大家不要隨便進去，只有真正需要麵包的人可以進去。你進去又再出來後別人會怎麼想？大家是不是也覺得可以隨意出入？這樣規則被破壞後，人們就會開始找各種藉口進去。」

「啊，到底為什麼要那麼複雜？我只是要給手機充電而已。」成燦用力地跺腳後跌坐在地上。

昨天人們從包包裡拿出食物時，還會詢問旁邊的人要不要一起吃，而現在大家都變得不一樣了。身上還有食物的人會低著頭，或是躲到僻靜的地方獨自吃。

姑姑也翻找包包，想看有沒有自己忘記的零食。

肚子越餓就越覺得冷，加上一直坐著所以又更冷了。一位機場工作人員出來向我們傳達新消息，他說是個好消息「聽說一輛裝載著食物的掃雪車已經朝機場出發了。掃雪車沿路除雪，來這裡可能會需要一些時間，不過應該明天早上就會到達，請各位再忍耐一晚就好。」

聽完工作人員的話，人們鼓掌歡呼，工作人員接著說他們已經把暖氣開到最強。然而待在一個沒東西吃的地方，就算再溫暖也還是會覺得冷。

姑姑即使餓著肚子，依然不忘嘗試用我的手機打給她原本想採訪的人。但那人沒接電話，看來那人真是太過分、太自私了。只要看看新聞就會知道這裡的情況是怎樣的，那人根本和美芝一模一樣。

「像那種人，以後也千萬不要採訪他。」我對姑姑說。

「管他再有名又有什麼用？看到身處困境的人，也不懂得伸出援手，就是個討厭的傢伙。姑姑不該和那種人來往，更更更不能和那種人成為朋友。」姑姑聽到我說那人是個討厭的傢伙後說「如真啊，為什麼我聽到妳罵那人時，心裡會突然感到一陣痛快啊？」姑姑露出了久違地笑容。

我試著研究可以忘掉飢餓的方法，我想到一個辦法，那就是在機場內四處逛。雖然都沒有營業，但透過玻璃門，還是可以看到裡面。有販售禮品的商店、餐廳、貼著各種旅遊宣傳資料的旅行社專櫃，以及餐廳內各式各樣的菜單。

然而走著走著，我又不自覺地來到了便利商店前，且無意識地盯著店裡的麵包看。心想誰才是真正需要麵包的人呢？到了明天早上，掃雪車就會載著食物來機場。那麼大家肚子餓的問題，明天就可以解決了。那麼今晚真正需要麵包的人又是誰呢？

不論我怎麼想，答案都是京鎮，因為他需要吃藥。否則，他可能會和以前的我一樣，情況變得危險。感冒惡化成肺炎只是一瞬間的事，我的腦海中浮現了京鎮媽媽眼神哀傷的臉龐，明明我根本就不知道他媽媽長什麼樣子。

「妳別老是覬覦那麵包！」只要我站在店門前，老爺爺就一定會出現，彷彿他一直在監視著我。

夜幕降臨後，奇怪的謠言開始流傳「聽說便利商店的老闆其實是這島上非常有名的黑幫，他之所以留一個麵包，就是設下圈套，等抓到人的把柄後，再藉機勒索錢財。他說要是誰敢隨便碰那個麵包，就死定了！」剛從廁所回來的紅色外套大媽對姑姑說。

「天啊！真的嗎？誰說的？」姑姑驚訝的問。

「我在廁所裡聽到的。」

「所以那個麵包是不能吃的囉？」

「吃了會出事！怪不得便利商店老闆的長相一副凶神惡煞的樣子，塊頭又大。」紅色外套大媽一邊假裝發抖一邊說。

「如真，妳離便利商店遠一點！少往那方向靠近。」姑姑說。

從紅色外套大媽那裡散佈出來的謠言，很快就傳遍了整個候機室。而隨著時間推移，謠言也如同雪球般，被滾得越來越大。他們說便利商店的老闆不只是黑幫，而且還是黑幫老大。聽說他帶領的是全國聞名的幫派，而且在這座島上，沒人不知道他這號人物。因此，據說島上的孩子們，只要一聽到便利商店老闆的名字，就會嚇得嚎啕大哭。

便利商店老闆名字叫強鐵叛，紅色外套大媽抖了抖肩膀，說這個人連名字都嚇人。

「那樣的人物怎麼會經營便利商店？」成燦疑惑地歪歪頭。

「人們有時候，咳咳咳，會為了要隱藏真面目，咳咳，而偽裝成其他身份，咳咳咳咳。」京鎮咳得越來越厲害，他的嘴唇變得蒼白且乾燥。

強鐵毅

「你真聰明啊！就是那樣，就像有的戲劇和電影裡，警察也會為了要抓壞人，假裝成是同夥。」紅色外套大媽誇了京鎮。

「咳咳咳咳。」京鎮笑了笑，又咳了起來。

「你有沒有吃藥啊？」我發自內心地擔心京鎮。

「吃藥的話，我的胸口會灼痛，所以我不想吃了。」聽到京鎮這麼說，我的眼前又浮現那麵包的樣子，不論我再怎麼想，真正需要麵包的人都是京鎮。

老闆真的是黑幫老大嗎？謠言一傳開，便利商店的周圍開始變得冷清，之前時不時靠近瞄一眼的人們，瞬間消失得無影無蹤。

夜越來越深，我的肚子開始隱隱作痛，我跑到廁所在馬桶上坐了超過半小時，卻沒拉肚子，但肚子還是一直痛。正當我走回座位時，我看到紅色外套大媽拿著手機在擦眼淚。顯然她又和丈夫吵架了，明知會吵架，到底為什麼還要打電話呢？

京鎮的咳嗽緩和不少，他把臉露出帳篷，呆望著紅色外套大媽。

「又吵架了嗎？回到首爾真的要離婚？」我小聲問京鎮。

「不是。」

「那她怎麼哭了？」

「因為糖果吃完了。」

「什麼？」

「那個大媽講電話時說糖果快吃完就哭了。」

聽到京鎮這麼說，我差點笑出來，不敢相信五十多歲的大人，竟然會因為糖果快吃完而哭，不過我也猜到大媽是該有多餓才會如此。

在機場的第五天四夜

原本預計一大早抵達的掃雪車，九點後還沒到達，取而代之的是比昨天更強烈的暴風雪。

「為什麼掃雪車不來？不是說一大早就抵達嗎？」人們湧向機場工作人員不停追問，並且氣憤地說目前食物都吃光了。

「請各位再稍等一下吧。」

「到底是要等多久？」老爺爺氣得挺胸膛。

今天是在機場的第五天了，不再有人從包包裡拿東西出來偷吃了，現在全機場裡準時吃飯的只剩嬰兒。不過從嬰兒母親的表情看來，似乎奶粉已經見底了。

就連之前忙著為手機充電、不時上傳機場狀況到社群媒體的人，也因為肚子太餓而減少滑手機的頻率。

看電視新聞報導才發現問題似乎比想像中還嚴重，新聞播放總統下達命令要迅速採取措施的畫面。

「再這樣下去，我們該不會都要餓死了吧？」某個人說。

眾人開始你一言我一語地說起各自的擔心，有人一邊打電話給家人，一邊哭。

「大家不要太擔心！我之前去芬蘭的時候，迅猛的雪崩……」

「又來了！」成燦爸爸正在說話，老爺爺卻直接打斷他。

「你一下是日本、一下又是芬蘭，然後呢？這和現在又有什麼關係？這裡是韓國！你要說就說些發生在韓國的事！」本來講話就很刻薄的老爺爺，今天更是變本加厲。

成燦的爸爸如果再繼續說下去，可能就會大吵起來。這時好不容易幫手機充好電，正在玩遊戲的成燦抬起了頭。

「之前講的直升機空投就是在韓國的事，您都記不得了嗎？」成燦站出來替自己的爸爸說話，成燦的爸爸拍了拍他的肩膀。

聽到成燦這麼說，老爺爺尷尬地清了清嗓子「還以為你這小子都對爸爸的事漠不關心，現在看來你爸說的話你都有聽進去啊？呵呵，真是個新發現呢！」

這時機場的工作人員過來通知大家「掃雪車正在趕來的路上，今天能抵達！他們說有載著滿滿的食物過來。」他的聲音很是興奮。

「真的確定今天會來嗎？也會帶嬰兒奶粉吧？」嬰兒的母親問。

「當然！奶粉和尿布都在來的路上了，他們說還載著麵包、餃子、炸雞、飯捲等各式各樣的食物。」

「真是令人開心的好消息啊！光聽到這好消息就覺得肚子飽了！」成燦的爸爸說。

「什麼叫光聽到好消息，就覺得肚子飽了？天底下哪有這種事啊？我還是一樣餓得要喘不過氣了。」老爺爺字字句句都要刁難。

「您聽過曹操吧？在戰爭時帶著軍隊翻山越嶺，缺乏軍糧的軍隊又渴又累，後來真的無法再繼續走了。於是曹操告訴軍隊只要再繼續

往前，就會經過一片梅子林，鼓勵大家堅持下去。講完梅子林之後，大家心裡想著梅子，嘴裡不知不覺流起口水，原本口渴難耐的感覺就瞬間消失了。」

「曹操不是中國人嗎？」老爺爺刁難的口氣。

「是的，他是三國時代的人物。」

「我剛才不是叫你跟我講發生在韓國的事嗎？」老爺爺生氣地問成燦的爸爸為什麼聽不懂他講的話。

「誰知道那掃雪車什麼時候才會來，但在那之前我們八成都會餓死，所以啊……」老爺爺環顧了四周的人們。

「那邊的麵包，就把它讓給真正需要的人吧？哪怕只有一個人吃飽，那也挺好的，不是嗎？那個麵包一直放在那，心裡就像一塊石頭一直懸著。」

聽完老爺爺的話，眾人面面相覷。都說便利商店的老闆是黑幫老大，拿走那塊麵包沒關係嗎？聽說麵包是他為了勒索而故意留下來的，那就是一個陷阱，如果公然地吃掉麵包，不就惹上大麻煩嗎？

「大家都沒意見的話，那麵包就交給我看著辦囉？」老爺爺環視

人們。

「會出事的！萬一到時每個人都因此陷入危險，該怎麼辦啊？」紅色外套大媽抓住老爺爺的手臂。

同時便利商店的老闆朝這邊越走越近，所有人屏住呼吸看著老闆，看他走進店裡瞄一眼陳列架，接著從抽屜拿出一個東西。

「你們看！他就是來確認麵包還在不在的！如果不見了，他肯定會追根究底查出是誰拿的。」紅色外套大媽說。

大家聽到這句話後，都盡可能地跟便利商店保持距離。

無法吃藥的京鎮咳得更厲害了，每次咳嗽還有明顯的痰音。我擔憂再這樣下去，萬一和我以前那樣可怕的事情發生在京鎮身上，他的媽媽會多傷心？我一想到這裡，腦中立刻浮現當時醫師說我的情況很危險時，媽媽哭泣的臉龐。

還記得媽媽當時哭著說如果我死了，她也活不下去了！現在回想起來，心裡還是會發涼。

「哦？是媽媽，咳咳咳咳。」原本趴在帳篷裡看電視發呆的京鎮，突然站了起來。

「真的耶！」京鎮的舅舅跟著走到電視前。

「接下來本台報導令全國人民感到難過的事，我們邀請到被困在機場的金京鎮的父母。據稱金京鎮得了重感冒，但他無法受到任何醫療照護，所以他的父母和電視台聯絡，說他們想要透過新聞傳達鼓勵給孩子。」主播介紹了京鎮的爸爸和媽媽。

「京鎮啊。」主播話音剛落，京鎮的媽媽就一邊喊他的名字，一邊哭了起來。

「我們的寶貝兒子，你一直很不舒服吧？每次你只要一感冒，都咳嗽很嚴重。我聽你舅舅說你不想再吃藥了，雖然空肚子吃藥真的很辛苦，但還是要吃藥讓你趕快好起來！爸爸媽媽給你力量，加油！我們的寶貝兒子！」京鎮的爸爸媽媽舉起握緊拳頭的手。

京鎮看著媽媽的臉，默默地流著眼淚。

京鎮的父母在電視新聞裡出現後，周圍便紛紛響起電話鈴聲。彷彿所有滯留機場的人們家裡都在看這台。

奶奶、媽媽和爸爸也打電話過來，他們說雖然不能上電視，但一直都在為我們加油，說完還大喊了一聲加油。

美芝也打來了，想也知道她一定是要說夾克的事。我本來不想接，但最後還是接了。

「羅如真，妳什麼時候回來？」美芝的聲音和往常一樣響亮。

我就知道會這樣，因此沒回話直接掛了電話。接著我馬上又拍了穿著毛衣的自拍照傳給美芝，然後就封鎖了她的號碼。

正如新聞主播所說的，全體國民都感到很難過，只有美芝一點也不難過，虧我一直把她當作真正的好朋友。

奇怪的事情

「妳說什麼？妳認真的嗎？妳在跟我開玩笑吧？」成燦的眼睛睜得又大又圓。

「我沒開玩笑！我非常認真。」

「妳聽過傳聞，還想那麼做？萬一被便利商店老闆抓到，妳要怎麼辦？到時連我都遭殃！我拒絕！我才不做這麼危險的事。」成燦揮了揮雙手。

「難道你要眼睜睜看著京鎮繼續惡化成肺炎而死嗎？」

「妳怎麼說話那麼極端啊？說什麼死不死的。」

「肺炎是可能會死的！我以前就是那樣！」

此刻的我需要某個人來幫忙，這單靠自己是無法完成的。

本來說今天會抵達的掃雪車，結果到了晚上還沒出現。雖然他們一直說快到了，但我已經無法再相信他們的話了。

人們的神經變得更緊繃、更敏感，時不時對一些無關緊要的小事生氣和大吼。

「妳是不是喜歡京鎮啊？」成燦問。

「什麼？呵，我都說明原因了，你還說得出那種話？」我發出了一聲冷笑後回答。

「妳說是那麼說，但我覺得除非妳喜歡京鎮，不然妳怎麼會計劃這麼危險的事？不管妳有沒有喜歡他，都不關我的事。我是不幫的！太危險了！我最討厭危險的事。」成燦看來不會輕易答應我的請求。

「你手機又沒電了吧？想要再充電的話，應該還要等很久吧？如果你幫忙，我就借你手機！我剛充完電才講幾通電話而已，電量還很滿。再加上手機很新，所以電池可以撐很久，我可以借你一直用到沒電。」我邊說邊拿出我的手機。

「真的？所以我只要在妳拿麵包時，分散人們的注意力就行了吧？」成燦眼睛發出光芒。

「好！我幫忙！」成燦一口答應。

「嗯，你尤其要特別注意老爺爺！其他人因為很期待掃雪車的抵達，所以不怎麼在意便利商店的麵包。當然也可能是因為傳聞說老闆是黑幫老大，但老爺爺似乎一直盯著的麵包。總之，你只要給我十秒就好！」我特別強調十秒兩個字。

成燦手上拿著壞掉的手機，朝著和便利商店反方向的資訊服務檯走去。他走到服務檯後有插座的地方後，突然激動地大喊「啊！電線短路！這裡在冒煙。」

聽到成燦的叫喊聲，人們迅速朝聲音的方向看去。

我把握時間迅速衝進便利商店拿走麵包，然後把麵包藏在毛衣裡，心臟怦怦地狂跳。

以為發生火災而受到驚嚇的人們，在得知成燦是說謊後才鬆了一口氣。

「現在都這樣了，你還說那種謊話！」成燦因此被大人們教訓了一頓，尤其

是老爺爺，他發了最大的火。

「喂，你別一天到晚出國！先把兒子教育好吧！所有人都又餓又累的了。」老爺爺也對成燦的爸爸發了火。

「可以了吧？」成燦走到我旁邊用力拽走我的手機。

我朝成燦豎起大拇指，接著靠近帳篷。京鎮在帳篷裡一邊流冷汗一邊不停地咳嗽，我走近後快速把麵包放到京鎮的懷裡。

「這什麼啊？」

「你偷偷吃掉它後再吃藥吧！你一定要吃藥！不然會出大事的！啊，不要一次就吃完，慢慢一點一點吃吧！因為不知道什麼時候才會再有吃的。」我迅速地說完後便從帳篷裡出來。

這時成燦突然走進帳篷，京鎮嚇了一大跳，不知道該怎麼辦。

「你不用管我！你只要知道你手上的麵包，是多虧我才吃到的就好。如果不好意思自己吃，當然也可以分給我一點。」成燦一屁股坐到地上，開始打電動。

「這是偷來的嗎？萬，萬一到時被老闆勒索的話怎麼辦？」京鎮的臉變得慘白。

「你真會瞎擔心！別怕！我們配合得天衣無縫。啊，對了！她好像喜歡你，你知道嗎？」成燦一邊說一邊把目光從手機上移開。

聽到成燦的話，京鎮用驚訝的眼神看著我。

我耳根發熱並且氣得說不出話，我都說過不是了，但成燦還肆意地亂說，他真是討人厭到極點。

成燦隨便拋出一句話後，馬上又陷入遊戲之中。

說會載滿食物送來的掃雪車，一直說快抵達的掃雪車，直到深夜都還沒抵達。人們餓著肚子，經過漫長地等待已精疲力盡。

後來我夢到載滿食物的掃雪車來了，除了有飯捲，還有熱騰騰冒著熱氣的拉麵。我拿起筷子，猶豫著要先吃飯捲還是先吃拉麵。

「車子確定會來嗎？不要每天敷衍我們！」我在吵鬧中猛然地睜開眼睛，看到老爺爺正在對機場工作人員發飆。

真可惜啊！老爺爺怎麼偏在這時大喊？我不過在夢裡猶豫了一下下，結果都沒吃到就醒來了！早知道就趕快喝幾口拉麵的湯！我一邊咕噥著一邊朝帳篷裡看，京鎮和成燦並肩睡在一起，看來京鎮明顯好了許多。

做得好！雖然撒謊，但我心裡讚許自己做對了。

這時原本對工作人員發飆的老爺爺，朝著便利商店的方向走去。

撲通撲通，我的心臟開始狂跳，我猜老爺爺不久就會大喊麵包不見了。老爺爺肯定第一個懷疑我，所以我趕快轉身躺下來裝睡。

奇怪！隔了一陣子都沒聽到老爺爺說什麼？他應該已經發現麵包不見了才對，但怎麼如此安靜呢？我偷偷看向便利商店，老爺爺正背著手站在店門口，盯著店裡看了一會兒，便轉身離開。

難道是麵包不見，他太過震驚了嗎？我突然感到好奇，於是悄悄地起身靠近便利商店。

「呃！怎麼會這樣？」當我看到店裡的狀況，嚇到差點癱坐在地。

麵包竟然在架上！我用力捏自己的臉頰，確認不是在做夢，我不是在做夢的話，這到底是怎麼一回事呢？

便利商店裡出現了麵包幽靈？

事態越來越嚴重了，聽說掃雪車在來的路上掉進水坑裡！說什麼雪積得太厚，司機不知道那是水坑。

人們已經不相信機場工作人員說的話了，甚至有人質疑車子從一開始根本就沒出發，問工作人員為什麼要說謊。

「我為什麼要說謊？而且我們正在研究解決方法。」

「每天都在找方法、研究方法！然後呢？打算那樣拖到什麼時候？真受不了。」人們現在連吼叫的力氣都沒了，聲音聽起來疲憊不堪，沉重得像是要陷進地底似的。

「很快就會做出決定的！機場裡有幾家餐廳，我們正在聯繫餐廳的老闆們，總會有一家餐廳裡還有剩下米的！只是我們必須先得到老闆的許可才能進去，之後就能到裡面煮飯了。在此之前，這是我翻遍了整間辦公室找到的。」機場工作人員將一箱零食放到桌上，接著發給每人一個有兩片包裝的餅乾。

全國都知道機場裡發生了什麼事，政府組成了專案小組，電視節目有討論擅自進餐廳煮飯是否違法的議題。

「這麼做是違法的。」

「在緊急的災難情況下，不是應該要通融嗎？」

兩派人持著不同觀點，一來一往臉紅脖子粗地爭論著。

人們一邊看電視一邊小口地啃餅乾，愛惜地吃著珍貴的食物。

「再吵下去也沒答案啊！反正在雪停之前都不會有結果的。」紅色外套大媽說。

「現在討論是非對錯有什麼用？根本就不重要！真正重要的是要讓人能活命，不是嗎？」

「就是啊！哪有比人命還更重要的事？」

「我們再等看看，沒消息的話就直接去撬開餐廳的門吧！那些人每天舒服地坐在電視台裡是能怎麼幫我們？」大家氣憤的口氣就像隨時要跳進電視裡和那些人理論的樣子。

「就算活命重要，我們還是不能未經許可就隨便撬開別人的門！萬一到時候被當成小偷，那該怎麼辦？」嬰兒的母親一邊把嬰兒背在身上哄著一邊說。

「就算被抓去警察局，也不會是一個人去啊！這麼多人一起去，有什麼好擔心的？說真的這種情況，政府應該要派特種部隊來救援才對。如果特種部隊帶著裝滿食物的背包出現在這裡，該有多好！」

聽了老爺爺的話，成燦的爸爸便開口「其實我以前當兵，就是特種部隊的，然而有一天……」成燦爸爸的話才說到一半，老爺爺又喝斥了起來。他問成燦爸爸沒事提以前當兵的事做什麼？以前是特種部隊和現在又有什麼關係？並叫他不要老是說些沒意義的話。

我看京鎮在吃過兩塊餅乾後吃了藥，我想該不會是他把麵包放回便利商店的吧？是因為其他人都在挨餓，所以他不好意思自己吃嗎？還是……因為聽到成燦說我喜歡他？難道是因為他不喜歡我，所以我這麼做讓他很困擾？

我想起在三年級時，道虎傳訊息和我說他喜歡我。但我從來就不喜歡道虎，所以我看到他說喜歡我的訊息後，我就變得更討厭他了！

我甚至不想吃他給我的東西，就連他媽媽買給全班吃的零食，我都拒絕。所以我明白那種困擾和因此變得更討厭對方的感覺。

我決定說清楚，於是我走向京鎮說「我不想讓你誤會，所以想跟你解釋一下！我沒有喜歡你，成燦是開玩笑亂說的。」

「我沒誤會啊！咳，我想也知道成燦是在開玩笑。」

「那你為什麼要把麵包放回去啊？」我邊問邊看京鎮的臉色。

「便利商店裡有麵包？可是麵包我已經吃掉了啊！那裡怎麼還會有麵包？」京鎮感到很驚訝。

「你吃掉麵包了？」這究竟是怎麼一回事？我又走去便利商店再看一眼，難道我看錯了？我睜大眼往店內看去，架上擺著的明明就是麵包！還是我之前拿走的紅豆麵包！京鎮肚子裡的麵包怎麼可能會跑出來？這簡直都市傳奇，難道是機場鬧鬼了？

就在這時「各位！我們聯絡上餐廳老闆了！他給我們餐廳入口的密碼了。」機場工作人員大喊。

聽到這句話，人們紛紛舉起雙臂高呼萬歲，接著人群跟隨機場工作人員湧向餐廳。

那是一間刀削麵餐廳，機場工作人員意氣風發地打開餐廳大門走了進去。不過，自從航班大量取消後，一直到餐廳關門前，其實庫存食材幾乎消耗得差不多了，剩下的食材就只有二十根胡蘿蔔、十個南瓜和一袋洋蔥。

「就公平地分著吃吧！」老爺爺用力地強調了公平兩字。

機場工作人員和紅色外套大媽將胡蘿蔔切成平均的大小，再將南瓜和洋蔥炒過後分發給大家。

我一邊嚼著胡蘿蔔，一邊陷入沉思——難道便利商店裡有鬼嗎？不然已經被吃掉的麵包，是不可能回到原處的。而且在這種都快要沒東西吃的時候，也不可能有人會有多的麵包可以放上去。

「智利曾經發生礦山坍塌事故，三十三名礦工被困在地下七百米，過了六十九天才獲救。說不定他們也是靠著互相安撫、彼此分享少許的食物而堅持下去的！所以此刻的我不是一個人，而是和大家在

昆布的
效能
陳映 手製刀削麵

·香辣刀削麵 6.000
·白飯
·海鮮刀削麵 7.000
感謝您

一起，真是一件令人慶幸的事。」成燦的爸爸說。

與此同時的老爺爺正在為了南瓜大小不公平而生氣。

這些胡蘿蔔、南瓜和洋蔥的量，根本填不飽八十個人的肚子！再加上京鎮說他會過敏，所以不吃洋蔥和胡蘿蔔。那個藥那麼強烈，如果他只吃南瓜就服藥，京鎮肯定又會胃痛、想吐。

不管便利商店裡的麵包是怎麼來的，我都要把它拿出來！我心裡這麼打算著，在這個人類能飛到外太空的二十一世紀，鬼難道會住在便利商店裡嗎？就算真的有鬼好了，在這種情況下還把麵包放回去的鬼，肯定是善良的鬼。所以就算不小心撞見了那個鬼，我相信祂也不會嚇我。還有，就算便利商店的老闆是黑社會老大，只要我神不知鬼不覺地把麵包拿出來，應該就不會有什麼問題了。

我又把成燦叫過來，並告訴他便利商店裡還有一個麵包。

「妳還要再偷？妳看我上次被大家罵成那樣，妳還提得出這種要求？不過話說回來，那個麵包又是從哪裡來的啊？明明就只有一個麵包啊！我總覺得這件事怪怪的！我拒絕！」成燦搖著頭說。

「不然這次換我來說謊！我去把人群引開，你去把麵包拿出來！這樣你就不會挨罵了。如果便利商店的老闆真的是黑社會老大的話，我會老實交代清楚都是我指使的！所以你不用擔心。」

「哎喲喂！妳要我去偷東西？我更討厭那樣，我才不要！奇怪！妳為什麼要那麼做？妳喜歡京鎮就自己去喜歡啊！怎麼要拖我下水？」成燦說他今年才十二歲，絕不當小偷。

「我沒有喜歡京鎮！都說了是不能讓他活活病死！你到底要我講幾遍你才聽得懂啊？還有他現在非常需要麵包，便利商店的老闆也說過，可以讓真正有需要的人拿走麵包，所以這不算偷東西！先不管便利商店的老闆是不是為了設下陷阱才那樣說的，現在這情況能有一塊麵包，當然是要給真正需要的人吃！」

「真是的！為什麼一直說什麼死不死的？想嚇唬誰啊！」

「死亡就像一場突如其來的雨，就像你沒多想地出門，結果淋了一身雨那樣，你難道沒被突然淋過一身濕的經驗嗎？」

成燦停頓片刻後回答「有。」接著說他淋雨後還得了重感冒。

「如果這時能有人幫忙，能一起共撐雨傘，不是很好嗎？我們這麼做就是在幫京鎮撐傘！」

「就算有道理，我還是不想去拿麵包！但我會把人群引開，麵包就交給妳拿出來吧！」成燦轉身離去。

我之前以為成燦只是個愛玩遊戲、不懂事的孩子，想不到他還挺善良的。

「那邊的餐廳大門是開著的。」成燦朝反方向奔跑一邊大喊，人們於是跟著他跑了起來。

我抓住空檔迅速地走進便利商店並拿走麵包。接著我走進帳篷把麵包塞到京鎮蓋著睡覺的夾克底下。

紅豆麵包

「吃麵包吧！」京鎮一回到了帳篷，我小聲的告訴他。

「什麼麵包？」

「不要多問。」

「妳又去拿便利商店裡的麵包了嗎？」

我沒回答京鎮的問題。

不久後挨完各種罵的成燦終於回來了，人們都罵成燦是放羊的孩子，他滿臉通紅地瞪著我，一邊嘟囔著「他們罵我的這些話，如果變成食物的話，我都要撐得消化不良了。」

下午，便利商店的老闆出現了，我看到他出現心臟狂跳不止，心裡想著該來的還是來了，便利商店的老闆發現麵包不見後，肯定不會善罷甘休。一想到自己可能無法平安回家，接下來不知道會發生什麼可怕的事情，我的身體就不停地發抖。

但我也別無他法！我握緊拳頭，即使遭遇危險，我也不後悔拿走麵包給京鎮。然而便利商店的老闆在店裡晃一圈後，什麼話也沒說就回去了。

我目瞪口呆地看著這一幕，等到便利商店老闆一離開，我便馬上跑到便利商店去看看。

「這是怎麼一回事啊？」我懷疑自己的眼睛。

架上竟然擺著麵包！我渾身起了雞皮疙瘩，怎麼會有這種事？難道！難道真的有鬼住在便利商店嗎？這世上真的有鬼嗎？還是說……麵包其實是便利商店的老闆又放上去的？為了之後可以勒索一大筆錢？這難道是他所設計更大的陷阱嗎？我的思緒就像打結的毛線，亂成了一團。

「你有吃麵包吧？」我決定向京鎮確認看看。

「怎麼了？便利商店裡又有麵包了嗎？」

「嗯。」

京鎮知道後驚訝地張著嘴，顯然他也不懂怎麼一回事。

機場工作人員又聯繫上另一間機場餐廳的老闆，不過他們說那間餐廳在停飛的第一天，食材就全用光了！聽完機場工作人員的話後，人們還是決定進去看看，說要親眼確認後才能放棄。

人們進到餐廳裡找出兩捆蔥，可是沒人知道要如何用兩捆蔥，做出讓八十人都能公平分著吃的料理。

「難道我們之中都沒人是廚師嗎？」人們迫切地尋找廚師。

我們之中確實是有一位廚師，但他說自己的專長是義大利料理，所以沒辦法用這兩捆蔥做出什麼料理。但後來他還是試著把蔥切小段後下鍋炒了炒，然後平均分給每個人。

蔥原有的辛辣口感因此消退不少，至少還能入口就可以止飢。

「好奇怪！一起分食這麼小的東西，感覺大家好像都變得更親近了！時間越長越有這種感覺！通常在飢餓的情況下，彼此可能會因為吃而爭執，但大家卻沒有那樣。」吃著炒蔥時某個人開口說。

「就是說啊！我也有這種感覺，我原本以為自己會想再多吃，結果卻完全不是那樣！因為自己很餓，所以能同理別人也一樣很餓。」人們點頭表示贊同。

「所以以前人會說即使只有一顆豆子，也要分著一起吃！越是匱乏就越是會分享，越會替對方著想。」成燦的爸爸說。

下一位聯繫到的餐廳老闆，說冰箱裡應該還有剩一些蔬菜，並允許我們去拿來吃。

所有人都高呼著萬歲，高興得不得了，然而要開門時才發現那家餐廳的門鎖是指紋鎖！是必須有主人的指紋才能夠打開的門！於是有人提議不如把門強行撬開，但卻沒人知道撬開門的方法。雖然人群之中也有經營鑰匙店的人，但那個人卻說沒辦法徒手開門。

「我們不能把門砸破嗎？」某人說。

沒人有勇氣站出來砸門，我看著那群大人，腦中依舊不停地想著便利商店。到底是誰把麵包放回去的？是便利商店的鬼？還是便利商店的老闆？雖然覺得很害怕，但我真的好想弄清楚。

是傳聞還是事實？

「妳在想什麼？」成燦驚訝地跳了起來。

「妳是不知道我挨了多少罵嗎？我都被罵到要吐了，萬一我真的被罵到吐，妳要負責嗎？妳還想做的話，妳就自己去吧！看來妳似乎不相信這世上有鬼，但我決定從今天開始相信！不然怎麼可能發生那種事情？比起便利商店的老闆是黑社會老大的傳聞，我更害怕鬼！妳的手機還妳，我寧可不玩遊戲，也不想再和麵包糾纏了。」成燦說就

算我再求他也沒用，所以勸我別再白費力氣去煩他了，他說這次絕對不會被我騙去的！

「你聽過三局定論的說法嗎？」我看著成燦的眼睛問。

「不知道，不知道！妳說的我都不知道。」成燦搖頭晃腦地說。

「所謂的三局定論，就是不論什麼事都要做三次才能下決定！我們就再試一次吧！你難道都不會好奇嗎？」

「不！我絕對不好奇！一點都不好奇！妳好奇的話自己看著辦，等晚上十二點妳再一個人進去便利商店啊！那樣就能見到鬼啦！妳如果還要再跟我提拿麵包的事，我們就從現在開始當陌生人吧！」成燦展露了絕不妥協的決心。

聽完成燦的話，我也開始害怕鬼的事情了。便利商店老闆是黑社會老大的這件事，當然也一樣令人害怕，要是掉進那可怕的陷阱裡可就糟了。不僅僅是我完蛋，爸爸和媽媽、奶奶也會跟著完蛋，還有現在和我一起在候機室的姑姑，也都會一起遭殃。在場所有人都會因為我一個人，而遭受黑社會的威脅、迫害。

我決定去找機場工作人員。

「怎麼啦？妳也是來追究的嗎？唉，我也很累、很無奈啊！所以能不能同情我一下，讓我休息喘口氣呢？」工作人員懇切地說。

「我不是來找您追究的！我是想問一件事，那間便利商店的老闆，真的是混黑社會的嗎？」我認真地問。

「這裡的人們好像都在討論這個傳聞，但我並不清楚整件事情的來龍去脈。不過依據我的印象，之前偶爾去店裡買東西的時候，便利商店的老闆總是滿臉親切的微笑，感覺是位很善良的人。」

「看起來不像是混黑社會的嗎？」

「我從來沒有那麼覺得過！啊，還有之前在便利商店兼職的阿姨，也說過便利商店老闆真的是很好的人。」

「真的嗎？」

「人們只因為便利商店老闆長得兇、塊頭又大，就這樣懷疑他也太不公道了吧！這世上怎麼能光看長相就了解一個人呢？那也太不像話了吧。」

「話說回來。」我轉過身再次看著工作人員。

「你知道有傳聞說這機場裡住著鬼嗎？尤其是便利商店裡？」

「什麼？哈哈哈，這個嘛……我從沒聽說過耶！說起來現在這情況下，還真是各式各樣的傳聞都有啊！連鬧鬼的傳聞都出現了？」

「不是啦！不是傳聞！」我說完轉身朝著便利商店的方向走去。

我目不轉睛地盯着便利商店，如果說便利店的老闆就是那個放麵包的人，而且他也不是黑社會老大，那就太奇怪了！為什麼他要一直把麵包拿來放呢？還有，如果這奇怪的事情是鬼做的，那鬼又為什麼要那麼做呢？啊，好想弄清楚啊！好奇怪！好奇怪的便利商店！

我真的好想知道便利商店的祕密！然而經過千思萬想後，我只想到，如果要知道那麵包來放的人是誰，除了再一次把便利商店裡的麵包拿走之外，好像沒有其他更好的辦法了。

我悄悄地走近成燦。

京鎮不知道是去上廁所了嗎？帳篷裡不見他的蹤影，成燦無所事事地抖著雙手，躺著看帳篷的天花板發呆。

「你現在很後悔把它丟還給我吧？」

我把手機塞進成燦的手中。
「電池還剩一點電。」我輕聲細語地說。
「妳又想到什麼餿主意？」成燦瞪我一眼。
「機場工作人員說便利商店的老闆是個很善良的人。」
「所以？」
「還說沒聽過傳聞這機場裡有鬼。」
「妳一直跟我講這些要做什麼啦？」
「我認真思考了一下……」
「妳要思考什麼是妳的自由，但不要拿妳的思考的東西來騷擾我。」成燦打斷了我的話，並把手機直接塞回我手中。

「你先聽我說完嘛！我認真思考過，像這樣麵包被拿走又被放上去，再把它拿走它又再一次被放上去，不就代表一定有一個地方藏了非常多的麵包嗎？你不想弄清楚嗎？」

「不，不想。」

「我就是忍不住好奇心！想知道的事，就一定要弄清楚。」

「那我就不攔妳了！妳想怎樣就怎樣吧！」成燦冷冷地說。

「可是我自己一個人是辦不到的！我需要你的幫忙。」

「妳在想什麼啊？我才不要！而且機場工作人員怎麼知道鬼不會在人看不到的地方閒晃？他們怎麼知道到底有沒有鬼？還有難道黑社會老大會到處跟別人自我介紹說在混黑社會嗎？他也可能是在裝善

良，好躲在平凡人之中啊！」

「所以我才想要去確認看看啊！你就再幫我一次嘛！」

「幫什麼？我是還能再幫妳什麼？」

「幫忙說謊！這樣就三次了，三局定論後就不會再來煩你了！」

「不要！辦不到。」成燦拉起夾克把臉蓋住。

「你聽我說嘛！你這次不會再被罵了，也不用再聽訓話！」

聽見我這麼說，成燦稍微拉下夾克看我，用眼神問我怎麼做？

「我們先不管麵包是鬼還是人拿走的，重要的是，從麵包會被補充上架這件事情看來，麵包的數量一定非常多！這才是真正重要的事情！所以我們要查明真相，把麵包的秘密告訴所有的人！然後管他是鬼還是人，讓他把全部的麵包都交出來分給大家吃！這樣一來你不但不會挨罵，還會受到表揚。」我雖然自信的這麼說，但另一方面還是很擔心萬一便利商店老闆真的是黑社會老大，我們該怎麼辦？而且便利商店也有可能真的住著鬼？這世界無奇不有，一切都很難說。

聽完我的話，成燦眨了眨眼後陷入沉思。

偏偏在這時成燦的爸爸坐到帳篷前面「你們兩個有什麼秘密啊？在竊竊私語什麼？」

「誰跟她有秘密啊？才沒這回事！」成燦生氣了，我趕快從帳篷裡走出來。

我看到嬰兒的母親一邊哄著哭鬧的孩子，一邊和機場工作人員說著該不會是小寶寶也感冒了吧？我的心裡咯噔一聲往下一沉，我悄悄地走近她旁邊，想聽清楚發生什麼事。

「吃的東西真的會送來嗎？奶粉也會來嗎？奶粉快吃完了！小寶寶就要餓肚子了！」嬰兒的母親好像馬上就要哭出來了。

幸好小寶寶不是得了感冒，但是嬰兒餓肚子也是件大事。

「妳怎麼老是讓嬰兒哭啊？」老爺爺路過的時候順口插話。

「奶粉快沒了，所以餵不飽孩子！他是因為肚子餓才哭的。」孩子媽媽眼裡噙滿了淚水。

「真是的！嘖嘖嘖，不是啊，妳怎麼連可以給孩子吃的東西都沒帶齊呢？照顧孩子怎麼這麼馬虎？」老爺爺用心寒的眼神看著嬰兒的母親，嘖嘖地咂舌。

嬰兒的母親深吸一口氣後，用手背揉了揉眼睛，打直腰把眼淚忍住後，繼續哄著嬰兒。

不要在便利商店前面溜達

在去便利商店門口的路上，被老爺爺逮了個正著。

老爺爺一看到我就當場大喊「妳為什麼一天到晚在便利商店附近閒晃？還一直偷瞄麵包啊？妳是想偷嗎？妳沒聽說便利商店老闆是兇狠惡毒的黑社會老大嗎？」

當我被懷疑要偷東西在被訓話時，成燦的爸爸悄悄地走過來。

「老爺爺，發生什麼事情了嗎？」

「這孩子好像在貪圖便利商店的麵包，所以我只是提醒她一下！都聽說便利商店老闆是混黑社會的，還有什麼設下陷阱、勒索之類的傳聞，但這孩子的膽子還是很大啊！」

「可是，不知道便利商店的老闆究竟是不是黑社會，但是便利商店老闆說的沒錯！那個麵包必須留給真正需要的人吃，有可能如真現在真的很需要那個麵包。」

「唉呀！你看這個孩子哪裡像需要麵包？她精力多充沛啊！也不乖乖坐著，一直四處溜達。」老爺爺瞇著眼上下打量我。

我才不是因為精力充沛所以到處走來走去的。

嘟嚕嚕嚕，這時口袋的手機響了起來，是媽媽打來的視訊電話。

「媽媽。」看到媽媽的臉出現在螢幕上的瞬間，我的鼻子變得酸酸的，眼淚嘩地流了下來。

「哎呀！如真啊，妳在哭嗎？哪裡不舒服嗎？還是肚子很餓？」媽媽不知所措地說著，媽媽的眼角也變得紅紅的了。

「唉呀，依我看如真不會是偷麵包的孩子！」成燦的爸爸對老爺爺說。

「哼，我觀察好幾天了，肯定不會錯的！就這個孩子對便利商店的麵包感興趣，不然她為什麼要一直來看呢？就是想要偷嘛！你之前不是才說感覺這種東西很可靠嗎？我的直覺也是很準的，我的直覺告訴我這孩子就是想要偷麵包！」老爺爺邊說邊用下巴指我。

「那個老爺爺在說什麼啊？如真妳偷什麼東西？」這一切正好都被媽媽看到了，媽媽驚訝地問。

「啊？妳說我們如真偷了什麼東西？你們在說什麼啊？」手機螢幕裡突然冒出了奶奶的臉。

「沒，沒有！我沒有偷東西。」我連忙揮了揮手。

「真的吧？真的沒有偷東西吧？」奶奶不停地追問，彷彿想要得到一個肯定的答案。

那個，我確實是拿走了便利商店裡的麵包兩次，的確說穿了那種行為就叫做偷，但……那是因為有人需要，我想著。

「媽，我們家如真怎麼可能會做那種事。」

「那他剛才為什麼要那麼說啊？如真啊，旁邊那個老頭剛才說那些話是什麼意思啊？」奶奶的臉填滿了整個手機螢幕。

「就，就是，便利商店還剩下一個麵包，然後老闆說要留給真正需要的人……唉，說起來很複雜！總之他是說我常常在便利商店門口閒晃。」

「什麼？喂，老頭子！」奶奶的聲音非常響亮。

在我身後談話的老爺爺和成燦的爸爸，同時往我的方向看過來。

「那邊那個在頭髮上抹油的老頭，你過來跟我談一下！」奶奶吼得她的小舌都露了出來。

「在頭髮上抹油？是在說我嗎？」老爺爺看了看成燦的爸爸。

「我是禿頭所以沒頭髮可以抹油，而且我也還沒到被叫老頭的年紀，所以我想她應該是在叫您老人家。」成燦的爸爸一邊用手掌摸著他光禿禿的頭一邊說。

「是誰在叫我啊？」老爺爺盯著我的手機螢幕看。

「我是如真的奶奶。」

「如真的奶奶？這孩子

的奶奶？為什麼要叫我過來？」

「老頭你在懷疑我們如真偷東西吧？我們如真才不是那種孩子！你別隨便誣賴人啊！在你眼裡如真像個小偷嗎？視力不好就該戴眼鏡啊！怎麼誣賴無辜的人啊？」

「什麼？這老太太對誰講話那麼大聲啊？」奶奶和老爺爺在視訊裡吵了起來。

媽媽和成燦的爸爸試圖勸架，但根本阻止不了他們。原本氣得大聲吼叫的奶奶，在我一說要節省手機電量後，便馬上停了下來，而老爺爺也在聽到成燦的爸爸說大吼大叫會讓肚子更餓後停止了爭吵。

奶奶說我們飛回首爾的那天她會到機場去，到時候要直接見面談，然後就先從手機螢幕中退場了。

「她以為撂下一句見面談，我就會害怕嗎？」老爺爺也不甘示弱地回話，說完便迅速地轉身離開了。

這時我的手機因為電量變弱，通話視訊由自動轉成語音。媽媽在掛斷電話前叮囑我小心不要感冒，還說天氣預報報導雪馬上就要停了，風也會越變越小。所以不要氣餒，好好地打起精神來！

掛斷電話後，我環顧一圈候機室。老爺爺正在和紅色外套大媽說話，雖然不知道他們正在說些什麼，但紅色外套大媽皺起了眉頭。

「是什麼事情呢？」成燦的爸爸朝他們的方向跑過去，我因為擔心老爺爺是在講奶奶的壞話，於是也跟了過去。

「老爺爺，我做了什麼事情嗎？您為什麼叫我實話實說啊？」紅色外套大媽用手指將她凌亂的頭髮往後梳，眉頭皺得更深了。

這次老爺爺正在和紅色外套大媽吵架「我想說的就是妳看起來也有點可疑，所以我叫妳實話實說！」

「我怎麼了嗎？您說我哪裡可疑啊？而且麵包不是沒不見嗎？那您為什麼要把我當成小偷一樣質問我啊？」紅色外套大媽握緊拳頭搥著自己胸口，一副受夠了的樣子。

「麵包雖然沒有不見，但我們必須要保護好麵包！妳跟那個孩子一樣，我也看到妳一直在便利商店門口徘徊！妳不就是因為想吃便利商店的麵包，所以才一直在附近溜達的嗎？我就是想叫妳不要再那樣

了！妳又不是真正需要那個麵包的人。」

「我什麼時候在便利商店附近溜達了？」

「就說我都看到了。」老爺爺交叉雙臂，怒目瞪著紅色外套大媽的眼睛。

「啊哈，那，那個是，那個是因為我要去洗手間啊！去洗手間本來就可能會經過啊！」紅色外套大媽像是想起了什麼似地，緩緩點著頭說著。

「洗手間不是在另一個方向嗎？為什麼妳要走到便利商店那邊啊？總之妳小心一點！都說麵包是要留給真正需要的人了。」老爺爺再次上下打量了紅色外套大媽後就走了。

「……」紅色外套大媽滿臉通紅地望著老爺爺的背影。

發生在便利商店裡的怪異事件，如果想挖掘背後的秘密，我就得再次去把麵包拿出來。然而這似乎不大容易，因為老爺爺今後只會更嚴密地看守麵包了。

成燦的謊言可能沒什麼效果，我突然想起《放羊的孩子》故事。故事裡的孩子一次、兩次、三次的說謊，所以當最後野狼真的出現時，村子裡就再也沒人要相信他了。

這也就代表——現在無論成燦再說什麼、做什麼，可能都不會有人再相信他了。但我怎麼絞盡腦汁，也只能想得到讓成燦再用謊言去轉移人們的視線，實在是完全想不出別的辦法了。

我想到故事中村裡的居民也是被放羊的孩子欺騙了三次，被騙三次之後，他們才下定決心不再被騙。所以成燦還有機會，我認為不論什麼事都可以用三局定論。我試著安慰自己，是啊！成燦目前為止只撒過兩次謊，所以還剩一次機會。

有沒有什麼辦法呢？感覺成燦不會乖乖聽我的，這是現在最主要的問題！想著想著，不知不覺我又來到便利商店前，我慌張地轉頭往老爺爺的方向看去。

看起來老爺爺正在和機場工作人員追究些什麼事，老爺爺的音量非常地大，許多人的目光都看向他。

啊哈，如果是這樣，事情就好辦了！這樣一來，成燦也不需要說

謊了。我想，只要不是叫他去說謊，其他的忙他應該還會願意幫，我
對於這個如同閃電般掠過我腦海的想法感到自豪不已。

「妳為什麼老是纏著我啊？放過我吧！啊，妳真的真的是很奇怪的小孩耶！」成燦聽完我的話，連一秒都沒想就直接對我發火。

「我又沒叫你說謊！我只是要你在老爺爺和別人吵架時去勸架而已，老爺爺不是一天到晚大聲嚷嚷、動不動就找人吵架嗎？你只要把握住那個時機點，突然現身勸阻就好，然後只要勸架的聲音越大越好，讓人們都看向你就可以啦！到時你可以一邊說著求求你們不要吵架，

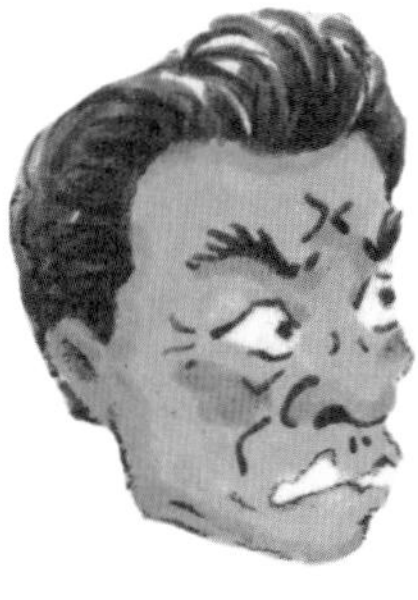

越是這種情況下，更應該要齊心協力，共同研究方法來擺脫危機，像是這樣的台詞就可以了。如果你還可以哭出來的話更好！這樣說都不算是說謊吧？」我自己講完都覺得這真是個絕妙之計！儘管如此成燦還是猶豫不決。

「我不是說了嘛！說不定現在哪裡正藏著一卡車的麵包呢！這是個大家可以一起吃那些麵包的大好機會！你和我將共同揭開麵包的祕密。」

「也是！我的確也好奇！到底是誰一直把麵包放上去的？還有這世界是否真的有鬼的存在？」成燦仔細想了想後說。

「真的嗎？」我高興得一把握住了成燦的手。

「各位，我翻遍了各個辦公室，又找出了零食。我會平分下去的，請大家先排隊。」這時機場工作人員拿著餅乾箱子大喊。

人們一湧而上，快速排成一列隊伍。就連京鎮也從帳篷裡跑出來，排在隊伍之中。

老爺爺也敏捷地擠進隊伍裡，口裡嚷嚷著「公平地分一分！一定要公平。」他和之前一樣，不停地強調要公平。

「我們會好好分配的。」分發零食的工作人員說。

「打起精神來！專心一點！你看，你看！不是每人兩袋嗎？他現在是不是拿到三袋了？」老爺爺猛然地舉起手朝工作人員大喊。

「現在這個時機點不錯。」於是成燦跑過去，我也趕快查看周圍有沒有便利商店老闆的身影。

「老爺爺！」成燦的聲音非常地響亮。

「您怎麼動不動就對工作人員發火呢？工作人員本來可以自己把餅乾都吃掉的，但他不是拿來分給我們了嗎？跟他說謝謝都來不及了……」

「你說什麼？喂，你竟敢跟大人頂嘴啊？」原本的計畫是要勸架的，結果卻演變成了吵架，不過依然是有按計劃讓所有人都看著成燦和老爺爺。

現在正是時候！我以光速般的動作進便利商店，迅速把麵包塞進懷裡後火速跑了出來。整個過程我的心臟好像隨時要爆炸了一樣，劇烈地跳個不停。

原本趾高氣昂地頂撞著老爺爺的成燦，在確認我完成任務從便利商店出來後，馬上對老爺爺低頭賠不是。

「對不起！我不該頂撞您的。」成燦搓著雙手求饒。

「我不是說過了嗎？不要一天到晚只想著去國外，好好待在家裡把兒子教好吧！」老爺爺瞪著成燦的爸爸說。

「老爺爺，可是成燦的話也沒說錯！在缺乏食物的情況下，還願意無私拿吃的分享給大家的人不多了！」原先我還以為成燦的爸爸會順從地回答老爺爺，結果成燦的爸爸是認為成燦沒有說錯。

接著人們跟著紛紛附和成燦爸爸說的話，成燦的爸爸和成燦就這樣緊緊地牽著手。

我和這對父子相處了那麼多天，還是第一次看到兩個人感情這麼好的樣子。現場氣氛一時變得尷尬，老爺爺就像是被大家孤立了一樣，於是他閉嘴不再多說什麼。

「妳動作還真快啊！好像連一秒鐘都不到吧？超強的！妳如果真的當小偷的話，一定是全世界最強的小偷。」成燦走過來，對我豎起大拇指。

「你可以說點合理的話嗎？我才不要當世界最強的小偷。」

「是嗎？總之一切都結束了，我是絕不再做這樣的事了！就妳說

的三局定論！知道了吧？」成燦嚼著餅乾，邊吃邊說的走進帳篷。

「給你吃！」我也把頭伸進帳篷迅速地把麵包塞進京鎮手裡。

「妳又從便利商店裡拿麵包出來了嗎？我總覺得哪裡怪怪的！妳不要再去拿麵包出來了，萬一到時真的出大事了怎麼辦？妳還是把麵包原封不動地放回去吧！咳咳，咳咳。」京鎮真心地為我感到擔心。

「喂，萬一她把麵包放回去的時候被發現了怎麼辦？你要負責嗎？不管怎樣還真羨慕你啊！有個像如真這樣時時刻刻掛念著你的人。」成燦嘲諷地說。

我拉了拉成燦的手，要他不要再說了。

「那妳接下來怎麼打算？」走出帳篷時成燦問我。

「接下來必須要守著便利商店，覺也不能睡！」

「這次又會再放上麵包嗎？放麵包的究竟是人是鬼？這是我最想知道的！」

「很快就會真相大白了。」我握緊拳頭說。

夜深了，今晚這已經是我在候機室裡的第六個晚上。人們熟練地在紙箱上鋪好墊子，躺在上面蓋著衣服睡覺。

「明天應該就會有什麼辦法了吧？該不會明天我們還要繼續這樣待在這吧？」

「不會的！越是這種時候，越要抱持希望！不是有句話說只要有希望，沙灘也能冒出芽嗎？我相信情況一定會越來越好的。」人們你一言我一語地說著。

我努力地撐開沈重的眼皮，今天的睡意比前幾天都強烈，真奇怪！原本說要一起守著便利商店的成燦，已經打著鼾進入了睡夢中。

夜色漸深，候機室裡充滿了電燈燈光流淌的聲音，當四周寂靜無聲的時候，燈管內的聲音聽起來就像蟲鳴，偶爾紅色外套大媽還會發出做惡夢掙扎的呻吟聲。

要與睡眠奮戰並不容易，我的眼睛總是一不小心就闔上。就在我快要失去意識時，突然聽到耳邊傳來了動靜，於是我猛然睜開了眼。我看到有人從我的身邊走過，我瞇起眼偷瞄那走過去的人是誰——沒想到是京鎮。

是要去上廁所嗎？正當我腦中這麼想的瞬間，我看見京鎮從口袋裡掏出麵包，迅速地放在紅色外套大媽的枕頭邊，並用她身邊的襯衫把它蓋住，然後他就像什麼事都沒發生過似地回到帳篷。

他為什麼要這麼做啊？我的思緒開始複雜起來，他為什麼要把麵包給紅色外套大媽呢？不論怎麼想都想不出個所以然，本來我想叫醒京鎮，問他為什麼要那樣做，但還是決定再觀察看看。

候機室依然一片寂靜，只有那一陣一陣如暴風般的鼾聲響起時，才會打破那份寂靜。不知道過了多久，紅色外套大媽沙沙作響地挪動身體，接著她好像醒了。我像冰塊一般僵著並屏住呼吸，靜靜觀察著紅色外套大媽的一舉一動。

紅色外套大媽先是弓著腰慢慢地站起來，伸個懶腰後就去洗手間了。過了不久，紅色外套大媽回到她的位子上，當她正要躺下時發現了枕頭邊的麵包。

咕嚕，我不自覺地吞了口水，我緊張得心臟都要停止跳動了。我看到紅色外套大媽表情呆呆地看著麵包，然後她環視了一圈候機室後，小心翼翼地站了起來，她踮起腳尖靜悄悄地朝便利商店走去。

她想做什麼啊？我的心臟開始狂跳。我看著紅色外套大媽走到了便利商店門口，她回頭再次環顧整個候機室，確認沒人在看後她快速地進到店裡，接著不到一秒鐘，她就回到位子了。

我想破了頭，還是想不通這到底是怎麼一回事！我把麵包拿給京鎮、京鎮又把麵包給了紅色外套大媽，而紅色外套大媽又把麵包原封不動地放回便利商店。真想不通啊！我的頭越想越痛、我的腦子就像一團打結的毛線球一樣亂。難道之前兩次的神秘事件，麵包就是像這樣被輪來輪去的嗎？

被輪來輪去的麵包

黎明時分，機場工作人員打開一家牛排餐廳的門，他說餐廳老闆允許他把門打開。門打開後人們不再像之前那樣積極地擠上前去，因為大家都知道現在不管做什麼，都不會有太大的改變。因此人們井然有序地聚集在一起，討論著要如何料理冷凍庫裡的兩塊肉和甜椒，並可以分給所有人吃，那氣氛有如高峰會一般安靜而慎重。

「無論做什麼料理，都要盡量節省食材！因為已經沒別的餐廳可以再聯繫了。」工作人員提醒著。

擅長義大利料理的廚師自告奮勇站了出來，他根據人數將肉均分後，每塊肉約有兩個大拇指的長寬。甜椒也是依照人數來平分，每個人大概只能分到鼻屎大的大小。廚師將肉和甜椒稍微翻炒了一下，然後淋上醬汁端上桌。

「這是怎麼一回事啊？怎麼又有麵包？我昨天睡著了沒看到，如真妳有看到嗎？妳有查出是怎麼一回事嗎？」廚師在炒肉時，成燦瞪大眼問我，因為他剛剛去看了便利商店的狀況。

於是我把昨晚我所看到的所有過程，全部仔細地告訴成燦。

「為什麼？京鎮為什麼要那麼做？」

「我也不知道。」

「還有紅色外套大媽又是怎麼了？」

「那個我也不知道。」

「我們直接去問京鎮吧！問他為什麼要把麵包給紅色外套大媽。」

正當成燦準備去找京鎮時，老爺爺朝這裡走了過來。

「這料理就只有味道聞起來還行，那肉小到根本連塞牙縫都不夠。」

老爺爺小口小口地啃咬著肉。

「你們兩個一下子變得挺要好的嘛！時不時就在那竊竊私語的。」

老爺爺丟下一句話後，便直接走向便利商店。他確認完便利商店裡還有麵包後，就回到位子了。

等老爺爺回位子後，我立刻攔阻成燦去問京鎮。

「為什麼？妳不好奇嗎？」

「當然好奇！其實我看到當下本來也想問京鎮，不過我猜京鎮給紅色外套大媽麵包這件事，還有紅色外套大媽把麵包放回便利商店裡的這件事，裡頭一定藏著什麼天大的秘密！因此如果我們這麼突然地去問他，你覺得他會輕易告訴我們真相嗎？只要是人們想要隱藏的東西，就會變成秘密！我覺得他可能不會輕易地透露。」

「的確很有可能，那該怎麼辦？」成燦這次意外地沒再多說，只是點了點頭。

「我們今天就好好地觀察京鎮和紅色外套大媽！必須弄清楚他們之間的關係，還有他們的祕密！你只要閉上嘴巴就好，知道了嗎？」

「放心啦！」成燦在我面前咬緊了牙齒。

我還想說成燦怎麼可能這麼輕易地就答應呢？果然不用說一天了，他根本連一個小時都堅持不了，他最後還是忍不住跑去問京鎮。就在成燦一邊偷看我的眼色，一邊鑽進帳篷裡，等我一感覺哪裡不太對勁，趕緊跟上去時就一切都太遲了。

「你為什麼要把我們給你吃的東西拿去給那個大媽啊？」京鎮聽到成燦這麼問，露出驚訝的表情。

「喂，為了讓你吃麵包，我成了愛說謊的孩子、沒教養的孩子！你為什麼要這樣無視別人的誠意，把麵包給其他人啊？而且辛苦的還不只我，如真也成了偷麵包的賊。」

「那，那，那個……你，你，你怎麼知道我給大媽麵包的事情？咳咳，咳咳。」京鎮邊咳邊說。

我看到京鎮說話還在咳嗽，感到很生氣！為了讓他能好好吃藥，讓咳嗽趕快好起來，我和成燦不知道花了多少心思。

「那個大媽該不會是你的媽媽吧？」成燦瞇起了眼睛。

「不，不是啦。」

「那你們互相認識嗎？」

「不，不認識。」京鎮用力地搖搖頭。

「那你知道後來的事情嗎？」我問京鎮。

「你知道你給紅色外套大媽的麵包，後來怎麼了嗎？」聽見我的問題，京鎮一臉茫然地望著我。

「應該吃掉了吧，不然呢？」

「不，紅色外套大媽沒有吃那個麵包。」

「妳說她沒有吃？」

「喂，就是因為她沒吃，便利商店裡面才會一直有麵包啊！大媽沒吃你給她的麵包，而是把它原封不動地放回便利商店。這幾天你不覺得奇怪嗎？麵包被拿出來了，便利商店裡怎麼還會有麵包？你難道都沒思考過這個問題嗎？」成燦插了話。

「我一直以為是便利商店老闆放的！但真的是大媽放回去的嗎？她真的沒有吃那個麵包嗎？」京鎮不可置信地問。

「真的。」

「為什麼？」

「原因我也不知道！我更想知道的是為什麼需要吃藥的你不吃麵包，而是給了紅色外套大媽？我一直認為在這整個候機室裡的人裡，你是最需要麵包！這就是為什麼我願意冒險去拿麵包給你。」

「其，其實……」京鎮緊咬著下唇。

「我想，可能在如真的眼裡，我的狀態看起來非常地危險吧？

回想第一天妳姑姑說的話，我想我可以體會妳的感受。我的感冒的確是很嚴重，當時聽到妳以前的事，我也一度很擔心萬一就這樣死了怎麼辦。但事實上是我每次只要一感冒就會這樣咳嗽，我去年感冒好像還咳得比現在更嚴重！加上我們其實並沒有真正挨餓，還是有吃到南瓜、小餅乾之類的，所以我還是可以吃藥。真的多虧了你們，我的咳嗽好了不少，可是大媽她……」京鎮停頓了片刻，深吸一口氣。

「大媽才是真正需要麵包的人。」京鎮緩慢而清晰地說。

「怎麼可能啊！她年紀又沒很大，看起來也沒生病的樣子。而且大媽是這裡帶了最多食物的人了。我看過她一直從包包裡拿食物來吃，根本沒有停過，她怎麼會需要麵包？」京鎮都還沒有說完，成燦

就開口插了話。

我抓住成燦的手臂，示意他先把話聽完。

「之前有一次大媽在和她丈夫講電話時，不是哭了嗎？她說糖果就快吃完後就突然哭了。你們知道她那天為什麼哭嗎？咳咳，咳咳，並不是因為她想吃糖果，而是因為她患有糖尿病，所以血糖會在某個時候突然下降，我有聽說血糖下降時必須趕快吃一些像巧克力或糖果之類的甜食，否則可能會有生命危險！所以當時我在旁邊聽到，就覺得這是非常嚴重的問題，於是我就想到了便利商店裡的麵包！咳咳，咳咳，在我來看大媽才是真正需要麵包的人！但我沒勇氣去拿麵包，而且我認為就算我告訴人們這件事，他們也不會聽。因為紅色外套大媽的外表看起來很正常，咳咳。」京鎮雖然夾雜著輕微的咳嗽繼續說話，但咳嗽狀況確實減緩了許多。

「但大媽為什麼不吃掉那個麵包？而是原封不動地放回去啊？沒弄好的話，會有生命危險耶！」

「不知道！所以聽到你們說她把麵包放回去，我也感到很驚訝。」

京鎮搖了搖頭。

「而且萬一不小心被人撞見了，還可能會被懷疑！大媽到底為什麼要那麼做啊？如果是我的話，早就直接把麵包吃了。」成燦也一臉不解地看著我。

「那我們去問大媽，這樣最快最簡單。」成燦說完便站起來。

「等一下！」我抓住了成燦的手臂要他坐下。

「我有一個問題！紅色外套大媽知道是你給她麵包嗎？我看你好像是偷偷拿給她的。」我問京鎮。

「大媽不會知道。」京鎮說不想讓紅色外套大媽感到困擾，所以他都是偷偷拿去給她的。

「可是她為什麼不吃呢？」我和京鎮彷彿約好似地同時開口。

「呃，為什麼要把事情想得那麼複雜啊？就直接去問她本人不就好了？這麼簡單的事。」成燦用拳頭捶了捶胸口。

「等一下。」我直視著成燦說「我們再想得深入一點，目前還不確定紅色外套大媽是否可以信任。她也有可能是為了要找出從便利商店裡拿走麵包的人，才故意那麼做的。如果沒頭沒腦地就這樣跑去問她，就跟直接告訴她是我拿走麵包的意思沒兩樣。不能在完全不知道理由，不知道為什麼那個大媽要把麵包放回去的情況下，就這樣去問她！雖然目前為止紅色外套大媽看起來是個善良的人，但還是不能隨隨便便就告訴她是我把麵包拿走的，不是嗎？」

越多人知道我的秘密，就越令我感到緊張和不安，我突然開始害怕了，因為越多人知道秘密後，被揭露的可能性會變更大。不論如何都是我偷偷把麵包拿走的，儘管我再怎麼否認，偷偷把東西拿走，這行為就等於和偷竊是一樣的。

無計可施的狀況

總統再次下達採取措施的指令，人們茫然地看著電視節目裡總統那張擔憂的臉。雪一直下個不停，積雪的高度已經超過了成年人的腰部。風發狂似地刮著，彷彿永遠不會停歇。機場看起來就像一艘從韓國地圖上脫離，並漂浮在外太空的太空船。此時即便是總統，如果沒本事讓雪停止、讓風減弱，那就等同於束手無策。

「各位，好消息！一輛掃雪車行駛到附近了。」這時機場工作人

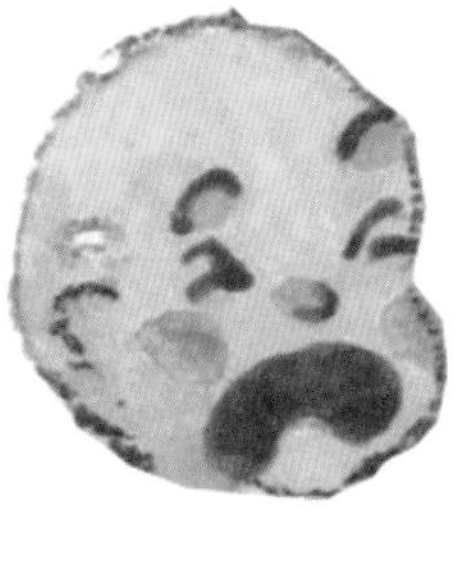

員大喊。然而，聽完工作人員口中的這個好消息後，卻沒有任何一個人的心情好得起來。

「不是說掉進水坑裡了？」老爺爺不高興地說。

「總不會一直在水坑裡待到現在吧？當然是已經出來了。」工作人員說。

「真有能耐啊！是怎麼出去的？」老爺爺仍舊是不高興的語氣。

「說不定來的路上又會掉進另一個水坑裡。」某個人說。

現在這狀況說什麼話，人們也都不會再相信了。

「說要來又沒來，說在研究方法又沒任何答案！我們不只被騙一兩次了。從現在起就不要再說謊了吧！事實是什麼就實話實說。」

「這是真的！很快就會抵達了！車上載了滿滿的食物……」

「喂，別再說食物的事情了！肚子夠餓了還想害我們更餓嗎？」人們齊聲喊道。

「我是說真的啊……」工作人員洩氣地轉身嘟囔著。

「我看機場工作人員們應該都在我們不知情的情況下吃了點什麼吧？不然哪有那些精神、體力每天在那裡扯謊。」老爺爺瞪著工作人員的後腦勺說。

有些人走到外面去，說他們寧願在雪中走走，也不願一直這樣坐著挨餓。但他們卻很快又回來了，因為發現雪已經積到一步都邁不了的地步。

「再這樣下去，萬一真的在雪融之前都出不去了怎麼辦？」

「這麼嚴酷寒冷的天氣，雪可能會融化嗎？看這樣子冬天似乎可以持續到永遠。」

「但如果狂風能停下來的話，他們應該還是會派直升機送食物來吧？把食物放到一個網子裡面之類的？」

「那如果風也一直不停呢？」此話一出，眾人的臉上突然都顯露出不安的神情。

「那就是死路一條了吧？不是嗎？」成燦眼神裡充滿恐懼地說。

我聽到死路一條這四個字的瞬間，身體不停地發抖、背脊也跟著發涼了。我如果真的死了，媽媽會怎樣呢？那段我連想都不願意去想的記憶，突然又在我腦海中浮現。我嚇得渾身起雞皮疙瘩，恨不得趕快甩掉那些記憶！

死路一條這句話引發了所有人內心的恐懼，人們彼此面面相覷。

就在這時「他們不是說掃雪車在來的路上嗎？我們就先相信他們看看吧！當一個人不安時，旁邊的人也會跟著變得不安的。我記得智利曾發生過礦場災難，三十三名礦工就那樣在黑暗中堅持將近七十天。我常在想如果是自己一個人遭遇那樣的事故，肯定撐不了七十天的。這就是因為有很多人互相安慰，一起忍耐、一起堅強才有奇蹟發生。我們現在全部加起來也有八十二個人！而且我們還是在明亮的候機室，不是在伸手不見五指的地底下。再怎麼樣條件都比在地下的礦坑好太多了！最幸福的是我們還有充足的水！我相信只要我們耐心等待，全部的人都將安全離開這裡的。」成燦的爸爸說。

人們只是靜靜地聽完了成燦父親說的話，有些人還表示認同的點點頭。而每次都會破口大罵叫成燦爸爸不要談論國外事情的老爺爺，這次什麼話也沒說。

「嗚哇啊啊啊……」

嬰兒突然大哭了。

那大哭聲裡摻雜尖叫和哭喊的，讓人聽了以為

嬰兒被什麼刺傷了。嬰兒哭著哭著不知道是不是哭累了，稍微哼哼唧唧一會兒後，又再次放聲大哭了起來。

「唉呀，肚子又餓了吧？真是的！小寶寶肚子餓時也不能叫他忍耐。我小的時候因為家裡窮，挨餓對我來說根本就是家常便飯。肚子餓時就算大人叫你不要哭，你也會不由自主地哼哼唧唧起來。但那時是因為窮，現在呢？都已經二十一世紀了，在這個廚餘多到都成問題的世代，還餓肚子餓到哭！嘖嘖。」老爺爺嘟囔著。

「寶寶除了奶粉，也可以吃其他的東西吧？如果不是剛出生的小寶寶，可以試看看把小餅乾磨碎成粉，加水混合後餵給寶寶吃。」紅色外套大媽一臉心疼地說。

嬰兒的母親說她身上也沒有小餅乾之類的東西，竟一邊說一邊抽泣。

「連媽媽都哭了的話，小孩不是就要哭得更慘了？別哭了！」老爺爺對嬰兒的母親大吼。

嬰兒的母親縮了一下肩膀，硬是忍住了眼淚。

「老爺爺您只會說半語嗎？您小時候沒學過敬語嗎？您為什麼對任何人都說半語呢？只因為對方年紀比自己小就對他說半語，這樣不是沒禮貌的行為嗎？」成燦一臉不高興地看著老爺爺。

「每天聚在一起看這些只會說些沒意義的話的節目，心裡都快煩死了！乾脆把電視關掉吧！」老爺爺沒回答成燦的問題，而是轉移了話題。也不知道老爺爺是不是沒聽到成燦說的話，他依然持續說著半語的習慣。

「老爺爺，在這樣的災難緊急情況下，一定要看電視才行。這樣才能了解自己現在處於什麼樣的狀況，以及該用什麼方法來突破困境。」成燦的爸爸說。

「對啊！我們老師上次地震的時候也有說過。」成燦一說出地震這個詞，機場內馬上變得鬧哄哄起來。我原本以為我們國家不會有地震，但是最近每年都會發生一次地震，令人們感到很驚訝。

「世界上最可怕的事情，就是大自然引起的災難！」大家開始熱烈地討論起來。人們完全遺忘因大雪而被困住的事，全心全意地投入在地震的話題中。

「然而，儘管地震導致牆壁坍塌，公寓出現裂縫，但我們親戚公寓裡的住戶們卻在如此混亂的狀況下，做了非常了不起的事情。據說當時一位住在七樓的獨居老奶奶，在對面住戶帶領之下逃到外面去。通常在面臨危險時大多數人都會直覺先照顧自己，所以更顯得那個住戶真的很了不起。」

「所以這真是一個美好的世界啊，不是嗎？」某人一說完另一個人隨之附和。

人們就這樣你一言我一語，最後還說到我們這裡有八十多個人，如果遇到危急的情況，彼此還可以互相幫忙。

原本說很快就會抵達的掃雪車，最後還是沒有出現。但這次沒有任何一個人去質問工作人員，人們臉上一副打從一開始就知道掃雪車不會來的表情。

人們已經一整個星期沒有好好洗澡或洗頭了，或許是因為這樣，隨著時間過去，候機室裡的怪味越來越濃。大家看起來簡直一團亂的狼狽，頭髮既油膩又凌亂，幾乎都黏在一起。即使老爺爺那稀疏的頭髮也都黏成一塊一塊的，他的頭髮緊貼在頭皮上，看起來就好像是黏著黑色的圖畫紙。

天色漸漸變黑，風從積雪上掃過，原本的積雪上又覆蓋了一層新的雪。人們早早就躺下準備睡覺，他們說只有睡著後不安的心情和飢餓感才會減緩。

「肚子好餓。」成燦躺在帳篷裡，喃喃自語地說著。

我的肚子咕嚕咕嚕叫了起來，彷彿在回應著成燦的話。

「我也是，咳咳。」京鎮附和。

「那個麵包如果給我們三個人分著吃的話該有多好！為什麼要把我們辛辛苦苦拿出來的麵包放回去呢？你如果不想吃的話，就該把它給如真啊！這樣我們就可以一起分著吃了。」成燦咂著舌說。

聽成燦這麼說，我的眼前立刻浮現分成三等份的麵包，並開始分泌口水。不過……為什麼紅色外套大媽不把麵包吃掉，而是把它原封不動地回便利商店呢？難道是因為傳言說便利商店的老闆是黑社會老大嗎？

隨著夜越來越深，嬰兒哭鬧得越來越厲害。聽說奶粉全部都吃光了，嬰兒因此睡得不熟，一直睡睡醒醒，一餓醒來就哭，哭累又睡著的循環。就像嬰兒母親所說的，就算告訴小寶寶沒東西吃了，他既聽不懂也忍耐不了肚子餓。

如果明天真的可以出現滿載食物的掃雪車，那就太好了。

正當人們暫時忘卻飢餓，悄悄地進入夢鄉時。嬰兒又開始哭了，這一次哭了很久。嬰兒的母親幾次試圖將奶瓶裝水餵嬰兒喝，但嬰兒卻已經知道用手把奶瓶甩開並哭了起來，這次哭了好久好久，直到終於哭累才睡著。

那些被嬰兒哭聲吵醒的人們也跟著再一次入睡，沒有任何一個人因為被嬰兒吵得不能睡覺而發脾氣。

我的腦中突然冒出了想法，紅色外套大媽說小寶寶除了奶粉以外，還可以吃小餅乾之類的東西，那麼麵包也可以囉？如果把麵包和水混合，並像做麵糊那樣攪拌，那不就變成像粥一樣的東西了嗎？因為麵包裡面有甜甜的紅豆餡，所以說不定還可以做成甜紅豆粥。看來現在真正需要麵包的人，顯然是小寶寶！然而此時我無法叫醒剛進入睡夢中的人們，並告訴他們這些話。

而且萬一有人站出來說他比嬰兒更需要麵包，只是沒有說出來之類的話，那就麻煩大了！很可能還會因此吵起架來。

我把蓋過頭頂的毛衣往下拉，並環顧了整個候機室。人們接連著幾天都在受苦、挨餓，已經搞得精疲力竭，現在甚至連鼾聲都不再打了。從這猶如死亡般的寂靜看來，大家肯定都睡著了。

我朝帳篷裡看了看，成燦也無憂無慮地睡著了。看他睡得如此香甜，我實在是不好意思叫醒他。沒關係這種時候，就算沒有成燦的幫忙，只要小心的話，我自己也可以把麵包拿出來！

在機場的八天七夜

我只要像光一樣潛入，然後像風一樣行動！我鼓足勇氣後就走向便利商店。此時我的心臟像是隨時就要爆炸似地，劇烈地跳個不停，隨著心跳加快，我的呼吸也開始變得困難。

我來到便利商店前，我快速地環顧四周確定沒有人起來、也沒有眼睛朝這邊看。我趕緊打開便利商店的門並走進去，關著燈的便利商

店裡頭一片漆黑，我摸黑壓低身體走近麵包陳列架。

「呃。」當我看到麵包陳列架的那一瞬間，我驚訝得不由自主地發出了呻吟。

麵包竟然不見了！這是怎麼一回事？真是奇怪了。我心想麵包該不會是掉到地上了？於是我慢慢地把手伸到陳列架下面，然而我根本沒摸到麵包，只有地板冰冷的寒氣傳到我的手掌並蔓延到全身。

當我在陳列架底下一邊摸索一邊轉動身體時，突然感覺我的屁

股好像勾到了什麼東西！我瞬間渾身發毛，如果是貨架的話應該是硬的，但這個東西卻軟軟的，不知道為什麼好像還可以感覺到溫熱的氣息。我嚇得全身寒毛直豎，背脊上全是雞皮疙瘩。我腦中浮現了一個披頭散髮女鬼的樣子，這裡真的有鬼嗎？不對啊，鬼怎麼會這樣趴在地上呢？電影裡面的鬼大多數都是站著的！那該不會是便利商店的老闆？我掉入便利商店老闆設下的圈套了嗎？

先，先，逃，逃跑再說，再說吧！我開始慢慢地爬出去，雖然我的內心很焦急但我的身體卻不聽使喚，感覺全身就像是被凍住了動彈不得。

就在我好不容易爬了一公尺左右的時候「呃咳咳咳呃」身後傳來怪異的聲音！那沙啞的聲音！我的腦海裡突然閃過了一個念頭，可能是鬼出現了！

「咳呃！哎喲喂。」哎喲喂？鬼也會說哎喲喂嗎？

我連忙轉頭往後看，稍微適應黑暗的雙眼前方，出現了一個模糊的形體。我用力地閉上眼睛再睜開，直直地盯著它。

「哎喲喂，差點噎死。」

我聽到這句確定這絕對是一個人！我坐下來退後一步，朝著那個人的方向靠近。

蜷縮在貨架底下的人，正是老爺爺。

「老爺爺？」

「真是的！偏偏選在這時候咳嗽！不過妳大半夜的不睡覺，就為了跑來偷麵包啊？看來妳是真的很想吃啊！也是，妳肯定也是餓壞了。」老爺爺低聲地說。

「那老爺爺呢？老爺爺怎麼也大半夜不睡覺，跑來偷麵包了呢？架上的麵包是老爺爺偷走的吧？」

「喂！妳在那裡說什麼偷不偷的。」老爺爺用力地跺了腳。

「不是老爺爺您先開始的嗎？是您先用偷這個詞的。」俗話說得好，當你對別人說優美的話，別人也會對你說優美的話。

「那個以後再討論，現在的重點不是那個！先把麵包給嬰兒的母親吧！誰對誰錯之後再追究。」老爺爺說。

「嬰兒的母親？」

「是啊！現在真正需要麵包的人就是嬰兒。」

「不是老爺爺您自己要吃的嗎？」

「喂！妳把我當什麼了。」

真是不敢相信！老爺爺居然有這種想法。

「看雪下成這樣，我們應該是很難離開這裡！所以我必須守護好麵包，隨著時間流逝，一定會出現真正需要麵包的人。尤其是妳！就妳最常在便利商店門口溜達，最累的活就是要看著妳。妳都已經聽說便利商店老闆是黑社會老大的事了，怎麼還不懂得要害怕呢？今天也是，哪怕再遲一點點，麵包就被妳搶走了。」老爺爺嘆口氣說。

「那老爺爺您就不害怕便利商店老闆嗎？」

「呵呵呵呵呵，有什麼好害怕的？那個謠言是我傳出去的！為了要守住麵包所以這麼說的。」

我呆呆地看著老爺爺，我現在聽到的內容是真的嗎？我的耳朵沒有聽錯吧？那也就是說，那個傳聞是假的謠言囉？

「趕快出去吧！」老爺爺催促著。

「妳這孩子怎麼對麵包這麼癡迷啊？看來妳的肚子也是真的很餓啊！要撕一點分給妳嗎？」當老爺爺正想把麵包拆開的那一刻，我才突然回過神來。

「不，不用了！其實我原本也打算拿麵包去給嬰兒吃。」

「是嗎？」黑暗中隱約可以看到老爺爺那雙驚訝的眼睛。

我和老爺爺像風一般迅速跑出便利商店，我回到位子上，老爺爺則是拿著麵包朝嬰兒走去。嬰兒的母親看起來已經累壞了，趁著嬰兒好不容易睡著的時候，她也陷入熟睡。

老爺爺把麵包放進嬰兒母親的外套口袋裡，動作比光還要快速。

「麵包不見了！」聽到成燦的聲音，我睜開眼睛。

已經天亮了，成燦在便利商店門口跑來跑去的。我本來打算早上就把一切都告訴成燦，結果還是晚了一步。

人們紛紛湧向便利商店，一聽到是跟麵包有關的事情，就連一直拿著電話不放的姑姑和京鎮的舅舅也跑到便利商店門前。

「那個麵包不是黑社會老大設下的圈套嗎？」某人一說完，

「你相信那個傳聞啊？我之前也不太確定，但隨著時間過去，我覺得那應該只是某個人隨便亂散布的謠言。」另一個人又接著說。

「沒錯！比起說是因為相信那個傳聞，更應該說我們一直都在看彼此的眼色，所以不敢把麵包拿去吃。」

「隨著時間過去，我相信一定會出現真正需要麵包的人！我現在可以理解便利商店老闆為什麼會那麼說了，我認為他根本就不是黑社會老大，而是很有智慧的人。」當人們正在交談時，老爺爺和我的眼睛正好對視。

「咳哼。」老爺爺尷尬地乾咳了幾聲，然後看向了天花板。

「其實……」這時紅色外套大媽站了出來。

「有一件事情，我一直覺得奇怪！某一天我的包包裡突然出現了麵包，我可以摸著良心說，我沒有拿走麵包！但真的很奇怪，麵包又沒長腳，不可能自己進到我的包裡啊！我很想問是誰把麵包放進我的包包裡，但一直我問不出口。」

聽完紅色外套大媽的話，人們互相看了看對方。他們驚訝的眼神似乎是在說怎麼會有這麼稀奇古怪的事情？

「於是我把麵包原封不動地放回去。」

「自己進到包包的麵包，為什麼要放回原位啊？」姑姑問。

「老實說我也很需要麵包！因為我有糖尿病，所以不能餓肚子、血糖降低也是不行的。不過因為我還有剩下幾顆糖果，所以想說省一點吃的話，應該就沒問題。這裡的八十多人之中，也許還有像我一樣患有糖尿病的人，如果那個人真的沒東西吃，那麼他便會成為真正需要麵包的人。」紅色外套大媽說話的時候，我和京鎮對視一眼。

「但是麵包昨晚竟然神不知鬼不覺地消失了？」京鎮的舅舅用手指輕輕地揉著下巴說。

京鎮的舅舅在此之前，別人分給他吃什麼，

他就吃什麼，也從來不去管別人說些什麼。但是對於這個即便沒有主人，也不能隨便拿來吃的麵包非常在意。

「不是應該要找出犯人嗎？」京鎮的舅舅說。

我瞥了一眼嬰兒的母親，她看起來驚慌失措，看樣子口袋裡的麵包應該是已經餵給嬰兒吃了。仔細看嬰兒的嘴邊也確實沾著白白的，像是麵包屑的東西。

「唉呀，要找什麼犯人啊？麵包肯定被真正有需要的人拿走的吧！」老爺爺大聲地斥責。

姑姑和京鎮的舅舅像是約好似地，同時用充滿懷疑的眼神看著老爺爺。

「老爺爺您什麼時候變得這麼寬宏大量啦？」

「就是啊！雖然我都在忙雜誌社的工作，沒什麼在管這裡的事情，但透過我偶爾觀察下來，老爺爺和寬宏大量這個詞的距離，似乎是挺遙遠的。」姑姑和京鎮的舅舅在這種時候變得團結一心起來。

京鎮的舅舅開始用銳利的眼神打量候機室裡的每一個人。

我變得焦躁不安起來，擔心嬰兒嘴角的麵包屑會被發現，擔心一不小心讓嬰兒的母親被指控成麵包竊賊。

就在這個時候。

「各位，掃雪車已經抵達了！」工作人員明亮的聲音，響徹整個候機室。

「什麼？掃雪車？掃雪車載著滿滿地食物過來了嗎？」老爺爺說完最先往前衝。

「那當然！載著滿滿的食物過來了。」

人們一窩蜂湧向工作人員。

當我正在享用掃雪車帶來的食物時，手機上出現了不認識的電話號碼。

「喂，羅如真！妳封鎖我的電話號碼嗎？我想說不然用我媽的電話打看看，妳還真的就接起來了呢！」沒想到是美芝打來的。

「我沒有穿妳的夾克喔！」我冷冷地說。

「什麼？妳在說什麼啊？我傳了好幾十封訊息給妳，妳都沒看嗎？也是，既然妳都封鎖我了，訊息應該也都進到垃圾信箱去了？妳去那裡找一找吧！我剛才看到新聞說有食物送到機場了！真是太好了！聽說天氣馬上就好轉了，妳趕快回來吧！我想妳了！」

「哼，才怪！」電話掛斷後，我還是查看了垃圾信箱。

美芝傳來的訊息竟然超過五十封。

「羅如真，我話都還沒說完呢！妳怎麼亂發脾氣還掛我電話？也讓我說句話吧！妳可以穿夾克沒關係！」

「如真啊，對不起！是因為我拿夾克的事對妳生氣，所以妳就不再穿夾克了嗎？拜託妳穿吧！」

「新聞裡短暫出現了如真妳身影的畫面！我看到妳身上只穿了一件單薄的毛衣，拜託妳把夾克穿上吧！」

讀著美芝傳來的訊息，我突然非常地想念她。等我回去後，我一定要抱著美芝，告訴她我其實很想她，美芝果然是我最要好的好朋友！

一到中午春天溫暖的陽光大方地照射下來，風雪不可思議地都停了。

「跑道正在進行除雪，進度好的話，下午飛機應該就可以起飛了。」工作人員說。

聽到工作人員這麼說，於是姑姑和京鎮的舅舅又開始忙著給公司打電話，說這次是真的可以回去了，還大聲地保證等一回去，就會馬上解決所有事情。

「果然是三月的陽光啊！看這陽光這麼燦爛，雪應該也很快就融化了！能這樣和一群友好的人們在一起吃東西，今天之內不回去又怎麼樣。」老爺爺喃喃自語地說。

「沒錯！」我和老爺爺相視而笑。

透過玻璃門，可以看到外面的天空一片蔚藍，沒有一絲雲彩。

作者的話

還記得在幾年前，某個三月異常地下起暴風雪，導致機場臨時關閉了好幾天。原本大家以為雪很快就會停了，然而這場雪卻連續下了好多天，導致當時三天內所有班機全數禁止起飛及降落。

機場裡擠滿了睡在紙箱上的人，因此紙箱的價格迅速飆漲，一個紙箱的價錢甚至超過了一萬韓圓，還有計程車的費用也貴得不得了。

機場內的餐廳和便利商店甚至漸漸出現食物短缺的緊急狀況，然而在那樣的情況下，當時便利商店居然到最後都還剩下一塊麵包。即使所有人的肚子都很餓，人們還是會留下一塊麵包給真正需要的人。

一塊麵包裡蘊含著人們對彼此的體貼，即使在困難和艱苦的情況下，也不忘為那些比自己處境更辛苦的他人著想，那是多麼溫暖、美好的心意。

我那天讀到這篇新聞後非常地感動。我很感激可以生活在如此溫暖的世界，便以此靈感創作《奇怪的便利商店》，根據真實事件改編撰寫了此篇童話故事，希望可以與人們分享，我當初感受到的這一份溫暖感動。

「世界越來越嚴酷，導致生活變得艱難！」許多人都說這時代的人情變得越來越冷漠，很多人都把自己的利益擺在最優先。

然而，仔細思考的話，就會發現實際上並非如此。當真正遇到危險情況時，身邊其實不難遇到那些先為他人著想、體恤他人的人。

像是走在街上看到發生火災，便奮不顧身地衝進火裡救人的人、每年聖誕節都默默捐錢幫助生活困難的鄰居，而且不願透露名字的人。即便不知道彼此的長相、姓名，但只要在網路上看到令人心疼的故事，通常人們就會留下「加油！」或是「我支持你！」之類的留言，不吝給予同理及安慰的文字或實際幫助……等等。

我們都是彼此生活在這個世界的鄰居，這些鄰居都是不論誰遇到困難時，會隨時伸出援手的人。

希望本書的讀者們都能夠與我一起，一同感受我曾體驗過的那份感動，並成為一個溫暖、樂於向鄰居伸出援手的人。

願我們身處於一個溫暖的世界

童話作家　朴賢淑

故事館 034

奇怪的系列 4：奇怪的便利商店

수상한 편의점

作　　者	朴賢淑（박현숙；Hyun Suk Park）
繪　　者	張敍暎（장서영；Seo Yeong Jang）
譯　　者	林盈楹
責任編輯	蔡宜娟
語文審訂	張銀盛（台灣師大國文碩士）
封面設計	張天薪
內頁排版	連紫吟・曹任華

出版發行	采實文化事業股份有限公司
童書行銷	張惠屏・侯宜廷・張怡潔
業務發行	張世明・林踏欣・林坤蓉・王貞玉
國際版權	施維眞・劉靜茹
印務採購	曾玉霞
會計行政	許俽瑀・李韶婉・張婕莛
法律顧問	第一國際法律事務所　余淑杏律師
電子信箱	acme@acmebook.com.tw
采實官網	www.acmebook.com.tw
采實臉書	www.facebook.com/acmebook01
采實童書粉絲團	https://www.facebook.com/acmestory/

ISBN	9786263495609
定　　價	320元
初版一刷	2024年3月
劃撥帳號	50148859
劃撥戶名	采實文化事業股份有限公司

104台北市中山區南京東路二段95號9樓
電話：(02)2511-9798　傳真：(02)2571-3298

國家圖書館出版品預行編目資料

奇怪的系列．4, 奇怪的便利商店 / 朴賢淑作 ; 張敍暎繪 ; 林盈楹譯. -- 初版. -- 臺北市 : 采實文化事業股份有限公司, 2024.03
256 面 ; 14.8×21 公分. -- (故事館 ; 34)
譯自 : 수상한 편의점
ISBN 978-626-349-560-9 (平裝)
862.596　　112022778

線上讀者回函

立即掃描 QR Code 或輸入下方網址，連結采實文化線上讀者回函，未來會不定期寄送書訊、活動消息，並有機會免費參加抽獎活動。

https://bit.ly/37oKZEa